제인 에어

세계문학산책 11
제인 에어

지은이 샬럿 브론테
옮긴이 붉은여우
펴낸이 안용백
펴낸곳 (주)넥서스

초판 1쇄 인쇄 2013년 4월 20일
초판 1쇄 발행 2013년 4월 30일

출판신고 1992년 4월 3일 제311-2002-2호
121-840 서울시 마포구 서교동 394-2
Tel (02)330-5500 Fax (02)330-5555

ISBN 978-89-6790-128-8 04800

www.nexusbook.com
지식의 숲은 (주)넥서스의 인문교양 브랜드입니다.

세계문학산책 11

샬럿 브론테

제인 에어

붉은여우 옮김 | 김욱동 해설

지식의숲

차 례

학교에 가고 싶은 외톨이

"에잇, 나가 놀 수가 없잖아. 겨울에 웬 비바람이야."

게이츠헤드 저택에서 삼남매인 존, 엘리자 그리고 조지애나
가 불평을 늘어놓았다.

그러나 그들 뒤에서 추위에 부들부들 떨고 있던 나에게는 참
으로 다행스러운 일이었다.

삼남매는 아침에 한 시간 동안이나 숲 속 오솔길을 거닐었으
나, 점심 식사 후에는 차가운 겨울바람이 휘몰아치고 먹구름이
끼고 비가 쏟아졌기 때문에 더 이상 밖에 나가서 놀 생각을 하
지 못했다.

나는 오히려 그 편이 좋았다. 왜냐하면 저녁 산책은, 더구나

추운 날의 오후 산책은 딱 질색이기 때문이었다.

삼남매는 거실의 따뜻한 난로 옆에서 그들의 엄마인 리드 외숙모를 둘러싸고 있었다. 따스한 시선으로 자기 자식들을 바라보던 리드 외숙모가 싸늘한 시선으로 나를 쏘아보며 말했다.

"제인, 넌 저리 가 있어. 언제쯤 착한 아이가 될는지……."

"외숙모, 베시가 또 제가 뭘 어떻게 했다고 그러던가요?"

"어머, 저 말버릇 좀 봐. 어린것이 어른에게 꼬박꼬박 말대꾸를 하다니. 난 그런 식으로 대들며 따지는 아이는 딱 질색이야. 어서 내 눈앞에서 사라지지 못하겠니?"

나는 입술을 꽉 깨물며 응접실 옆 작은 방으로 들어갔다.

나는 책장에서 미리 점찍어 두었던 그림책을 빼 들고는 창턱에 올라가 책상다리를 하고 앉았다. 그리고 빨간색 커튼을 끌어당겨 나만의 공간을 만들고 그곳에 몸을 숨겼다.

이제 나는 아무도 없는 아주 안전한 곳으로 피신을 한 셈이었다. 나는 그 자세로 책을 무릎 위에 놓고 있을 때가 제일 행복했다.

아무에게도 방해받고 싶지 않을 정도로 재미있게 책을 읽고 있는데, 갑자기 방문이 벌컥 열렸다.

"야, 이 바보야. 어라? 이게 어디로 갔지?"

존의 목소리였다. 삼남매 중 유독 나를 심하게 괴롭히는 아이였다.

커튼을 쳐 놓기를 정말 잘했다고 생각하면서, 존이 내가 숨어 있는 곳을 찾아내지 못하게 해 달라고 마음속으로 열심히 기도했다.

그런데 그때였다. 얄미운 엘리자가 방 안으로 얼굴을 쑥 들이밀며 말했다.

"존, 아마 커튼 뒤에 숨어 있을 거야."

나는 엘리자의 말이 끝나자마자 커튼 속에서 나왔다. 난폭한 존의 손에 끌려 나오는 것보다 그 편이 훨씬 나았기 때문이다.

"내게 무슨 볼일이라도……."

나는 기가 죽어서 조심스럽게 말했다.

"요 말버릇 좀 봐라. '리드 도련님'이라고 부르라 했잖아. 한 번 해 봐!"

존은 거만한 얼굴로 안락의자에 앉더니, 나더러 더 가까이 와서 그 앞에 서라고 손짓을 했다.

존 리드는 열 살인 나보다 네 살이 더 많았다. 나이에 비해 덩치는 큰데, 야무진 데라고는 눈을 씻고 찾아봐도 없을 만큼 미련한 얼굴이었다.

그는 학교에 다니고 있었는데, 몸이 약하다는 이유로 한두 달 전부터 집에 와 있었다. 그는 어머니나 누이들에게도 그다지 살갑지 않았지만 특히 나를 무척 싫어해서 매일 겁을 주고 생트집을 잡기 일쑤였다.

내가 존에게 다가가자, 존은 기다렸다는 듯 내 뺨을 때렸다.

"이건 아까 우리 엄마한테 말대꾸한 벌이야. 그런데 커튼 뒤에서 뭘 하고 있었지?"

"책을 읽고 있었어."

"뭐? 책을 읽어? 무슨 책인데?"

나는 창 쪽으로 가서 조금 전까지 읽고 있던 책을 들고 와 존에게 보여 주었다.

"건방진 것! 남의 집에 빌붙어 사는 주제에 남의 책을 멋대로 읽다니……. 네게는 그럴 권리가 없어. 네 아버지가 유산을 한 푼도 남기지 않아서 너도 돈이 없대. 그러니까 거지 취급을 받는 게 당연하잖아? 그런 네가 우리 같은 부잣집 애들과 같이 살면서 우리와 똑같은 음식을 먹고, 우리 엄마 돈으로 산 옷을 입는 걸 그냥 두고 볼 수 없단 말이야. 앞으로 한 번만 더 우리 책장에 손대면 가만두지 않을 거야. 저기 문 앞으로 비켜서!"

존은 말이 끝나기가 무섭게 갑자기 나에게 책을 던졌다.

"악!"

나는 피하려고 했지만 책에 맞아 넘어지면서 문에 머리를 부딪치고 말았다. 부딪친 머리에서 새빨간 피가 흘러나왔다.

"존, 오빠 정말 못됐어. 꼭 살인자 같아!"

"뭐, 뭐라고? 감히 그따위 말을 하다니……. 엘리자, 조지애나, 너희도 들었지? 엄마한테 안 이르나 봐라. 아니, 그보다……."

존은 내 말에 화가 났는지, 갑자기 덤벼들어 내 머리카락을 잡아당겼다. 그런데 그때 이미 내 머리에서 떨어진 피가 목까지 빨갛게 물들이고 있었다.

잠시 후 리드 외숙모가 거칠게 숨을 몰아쉬며 하녀들을 데리고 나타났다. 엘리자와 조지애나가 2층으로 가서 불러왔던 것이다.

외숙모 외에 하녀 베시와 애벗도 있었다. 그들은 나와 존을 따로 떼어 놓고 각자 한마디씩 했다.

"원 세상에! 존 도련님에게 달려들다니……. 머리가 어떻게 된 거 아니에요?"

"정말 이렇게 성질이 못된 아가씨는 처음이에요."

그러자 리드 외숙모가 말했다.

"붉은 방에다 이 애를 가두고 문을 잠가 버려!"

잘못한 건 존이었지만, 나는 곧 그들의 손에 붙들려 2층까지 끌려 올라갔다.

나는 미쳐 날뛰는 고양이처럼 손과 발을 버둥거리며 끝까지 반항했다.

"애벗, 아가씨 손을 좀 잡아요! 이게 무슨 변이람!"

베시의 말을 받아 하녀 애벗이 외쳤다.

"글쎄, 이게 무슨 짓이에요? 감히 주인 아드님인 도련님한테 대들다니……."

"주인이라고? 존이 어째서 내 주인이지? 그러면 내가 이 집의 하인이란 말이야?"

"먹고 입는 값도 못하니까 오히려 하인보다도 못하지요. 자, 조용히 앉아서 자기 잘못이나 반성해 봐요."

베시와 애벗은 외숙모가 명령한 대로 나를 2층 '붉은 방'에 내동댕이쳤다. 일어나려고 했는데, 네 개의 손이 내 어깨를 누르면서 윽박질렀다.

"조용히 있지 않으면 묶어 버리겠어요!"

베시는 내가 정말 조용해진 것을 확인하더니, 팔짱을 끼고 서서 나를 쳐다보며 말했다.

"이 아가씨가 예전에는 이러지 않았는데……."

그러자 애벗이 나를 몹시 얄밉다는 듯이 내려다보며 말했다.

"아냐, 전부터 이랬어. 나는 마님께 이 아가씨는 감당할 수 없을 만큼 이상하다고 말씀드리곤 했어. 마님도 내 의견에 진심으로 찬성하고 계셔."

그러나 베시는 그 말에 대답하지 않고 타이르는 것처럼 내게 말했다.

"아가씨는 이 댁 마님의 도움을 받고 있다는 것을 잊어서는 안 돼요. 마님이 키워 주시잖아요. 만일 마님이 화가 나서 아가씨를 쫓아내면 갈 데나 있어요?"

나는 대꾸할 말이 없었다. 이런 말을 처음 듣는 것은 아니었다. 내가 이 집에서 더부살이를 하고 있다는 말은 귀에 못이 박힐 정도로 들었기 때문에 이젠 아무렇지도 않았다.

"그러니까 아가씨는 이 댁 리드 도련님이나 아가씨들과 똑같다고 생각해서는 안 돼요. 도련님은 앞으로 큰 부자가 되시겠지만, 아가씨는 한 푼도 없는 가난뱅이일 뿐이잖아요. 겸손하게 굴고 모두의 마음에 들도록 노력하는 것이 아가씨가 할 일이에요."

애벗은 이렇게 말하고는 베시와 함께 방문을 잠그고 가 버렸다.

이 '붉은 방'은 저택 안에서 제일 넓고 훌륭한 방이었다. 그 방은 커다란 침대와 옷장 그리고 화장대 등 멋진 가구로만 꾸며져 있었다.

그러나 9년 전, 리드 외삼촌이 이 방에서 숨을 거두신 후부터 사용한 적이 거의 없어서 늘 차가운 기운이 감돌았다. 그래서인지 금방이라도 하얀 옷을 입은 유령이 나타날 것만 같은 곳이었다.

'리드 외삼촌만 살아 계셨어도 날 이렇게 구박하진 않았을 텐데.'

얼마 후, 나는 그들이 정말로 문을 잠그고 갔는지 확인해 보고 싶어졌다. 아, 그런데 문은 감옥보다도 더 굳게 잠겨 있었다. 커다랗고 단단한 문을 힘껏 밀어 봤지만 꿈쩍도 하지 않았다.

그때 갑자기 책에 맞아서 넘어질 때 다친 머리의 상처가 욱신욱신 쑤시기 시작했다. 살짝 손을 대 보니 피가 흥건히 묻어 나왔다.

그러면서 내 머릿속에 존의 막돼먹은 행동과 외사촌들의 비웃음 소리, 외숙모의 차가운 눈동자가 하나둘 떠올랐다. 게다가 얹혀산다고, 자기들보다도 못하다면서 심술을 부리는 하녀들의 태도까지 떠올라 더욱 서글퍼졌다.

'어째서 어느 한 사람도 내 마음을 헤아려 주지 않을까? 왜 아무리 애를 써도 사랑해 주지 않을까?'

모두들 엘리자처럼 고집 세고 이기적인 애를 소중하게 여겼다. 또 심술궂고 남을 헐뜯기 좋아하는 조지애나는 누구에게나 응석을 부려도 괜찮았다. 그리고 존은 아무리 잘못을 저질러도 벌을 받지 않고 귀여움을 받았다.

하지만 나는 언제나 실수하지 않도록 정신을 차리며 노력하는데도 게으르다거나 말썽꾸러기라는 말만 들었다.

'아, 억울해! 정말 억울해!'

나는 마음속으로 이렇게 외쳤다. 또 내 마음속에서 속삭이는 소리는, 이 참을 수 없는 압박에서 벗어나려면 도망을 치든지 그렇지 않으면 차라리 굶어 죽어 버리라고 충동질을 했다.

나는 이 집에 어울리지 않는 사람이었다. 리드 외숙모나 그 아이들이나 그들의 손발과 같은 하인들과도 나는 어울릴 수가 없었다.

그들이 나를 사랑하지 않듯이 나도 그들을 사랑하지 않았다. 또한 그들은 집안사람들 중 어느 누구와도 맞지 않는 나에게 다정하게 대해야 할 필요가 없었다.

만일 내가 성격이 명랑하고 싹싹하며, 재주도 있고 아무 일에도 참견하지 않는 귀여운 장난꾸러기였다면, 리드 외숙모는 나와 함께 사는 것을 기꺼이 견뎠을 것이다. 그리고 하인들도 애매한 누명을 씌우지 않았을 것이다.

어느새 햇살이 '붉은 방'을 떠나고 있었다. 오후 4시가 지났다. 음산하게 구름 긴 오후의 햇살이 서서히 황혼으로 바뀌고 있었다.

나는 갑자기 게이츠헤드 교회의 지하실에 리드 외삼촌이 묻혀 있다는 말이 생각나, 공포에 떨면서도 외삼촌에 대한 회상에 잠겼다.

외삼촌은 우리 엄마의 오빠였다. 부모를 잃은 갓난아기인 나를 집으로 데려와서 소중히 키워 주셨는데, 내가 이곳에 오고 몇 달 후에 갑자기 병으로 돌아가셨다고 한다.

돌아가실 때도 내가 걱정스러웠는지 외숙모에게 나를 잘 부탁한다고 하셨다고 한다. 하지만 외숙모는 자신과 피가 섞이지 않아서인지 항상 나를 구박했을 뿐, 따뜻하게 손 한번 내밀어 준 적이 없었다.

나는 자꾸만 서러움이 밀려오며 눈물이 쏟아지려 해서 입술을 꾹 깨물었다. 지나치게 슬프게 울면, 이 세상 사람의 것이 아닌 목소리가 나를 위로하려 들거나 어둠 속에서 이상하게 빛나는 눈이 쳐다볼까 봐 겁이 났기 때문이다.

보통 때는 그런 일이 일어나면 위안이 될 것 같은 생각도 들었지만, 막상 실제로 그런 일이 생기면 참으로 무서울 것 같았다.

그때, 창문에서 하얀 빛이 반짝거렸다. 그러더니 그 빛이 천장으로 올라와 내 머리 위에서 춤을 추며 흔들리기 시작했다.

가슴이 뛰면서 피가 머리로 몰렸다. 내 가까이에 무엇인가가 있는 것만 같았다.

무서움을 더 이상 참을 수가 없어서, 나는 큰 소리로 비명을 지르며 잠긴 문을 정신없이 두드렸다.

얼마 뒤에 복도를 쿵쿵거리며 달려오는 발자국 소리가 나고 자물쇠가 풀렸다. 그리고 베시와 애벗이 놀라며 방 안으로 들어왔다.

"무슨 일이에요, 제인 아가씨?"

베시가 물었다.

"소란도 참 요란하게 떠시네!"

애벗이 소리쳤다.

"내보내 줘, 부탁이야. 이상한 빛이 보였어. 베시, 유령이 오는 줄 알았어."

나는 베시의 손을 꼭 잡으며 말했다. 그러나 베시와 함께 온 애벗이 밉살스럽게 말했다.

"흥, 거짓말! 분명 우리를 불러들이려고 일부러 그런 걸 거야."

"아니야. 정말 하얀 것이 보였단 말이야."

나는 베시에게 매달려 제발 방에서 내보내 달라고 애원했다.

그러나 그때, 등 뒤에서 화려한 외출복을 입은 외숙모가 나타났다.

"너희들 지금 무슨 소란이야? 베시! 애벗! 왜 이 방에 와 있지? 제인, 너는 어서 베시의 손을 놓아라. 거짓말을 해서 밖으로 나오려 하다니……. 이곳에 한 시간은 더 있어야 한다. 얌전해지기 전에는 절대로 못 나올 줄 알아라!"

"외숙모, 용서해 주세요. 더 이상 이 방에는 있을 수가 없어요. 차라리 다른 벌을 주세요. 이제 정말 죽을 것 같아요."

"시끄러워! 이따위 반항은 정말 지겨워."

내가 흐느껴 우는 것을 보고, 외숙모는 내가 깜찍하게 연기를 한다고 생각하는 것 같았다.

베시와 애벗이 나간 뒤, 외숙모는 미친 듯이 울부짖는 나를 더는 못 참겠다는 듯이 떠밀어 버리고는 아무 말 없이 자물쇠를 잠가 버렸다.

그 뒤 나는 정신을 잃은 것 같았다.

눈을 떠 보니 난로에는 불이 빨갛게 타고 있었고, 침대 옆 탁자 위에는 촛불이 켜져 있었다. 그리고 누군가가 부드러운 손길로 나를 일으켜 앉혔다.

침대 옆에는 베시가 대야를 들고 서 있었다. 나는 이 집의 가족도 아니고, 리드 외숙모와도 전혀 관계없는 사람이 내 곁에 있다는 것을 깨달았다. 그런데 말할 수 없는 편안함, 즉 누군가가 나를 안전하게 보호해 주는 듯한 아늑함을 느꼈다.

"정신이 들었군요, 아가씨."

한 남자가 내 얼굴을 들여다보며 다정하게 미소를 지어 보였다.

"내가 누군지 알겠어요?"

"네, 로이드 씨죠?"

나는 상냥한 그의 태도에 안심하며 그에게 손을 내밀어 인사했다. 그는 약사인 로이드 씨로, 하인들이 아플 때 부르는 사람이었다.

"잘 아는군요. 점점 기운을 차리는 것 같네요."

로이드 씨는 베시에게 이것저것 주의를 주고는 내일 또 오겠다며, 나에게 푹 쉬라고 말한 뒤 돌아갔다.

로이드 씨의 모습이 문 뒤로 사라지자, 내 마음이 다시 무겁게 가라앉으면서 말할 수 없는 슬픔이 밀려왔다.

나를 감싸 주는 내 편이 있다는 기분에 푹 잠겨 있었는데, 그가 나가 버리자마자 갑자기 방이 어두워진 것 같았고 또다시 말할 수 없는 슬픔으로 무거워졌다.

"잠을 자는 게 어때요?"

베시가 평소보다 훨씬 부드러운 목소리로 말을 걸었다.

"자도록 해 볼게."

나는 그녀의 다음 말이 거칠어질까 봐 겁이 나서 간신히 대답했다.

"물 마실래요? 아니면 뭐 좀 드실래요?"

"아니, 괜찮아."

"그럼, 전 이만 잘게요. 벌써 열두 시가 지났거든요. 하지만 무슨 일이 있거든 깨워 주세요."

참으로 뜻밖에 듣는 상냥한 말이었다. 나는 지금까지 이런 말을 한번도 들어본 적이 없었다. 그래서 나는 얼른 용기를 내어 베시에게 물었다.

"베시, 내가 병이 났어?"

"아마 붉은 방에서 울다가 병이 났나 봐요. 곧 낫겠지요."

베시는 그렇게 말하고는 바로 옆의 하녀들 방으로 갔다. 잠시 후, 그녀가 말하는 소리가 들려왔다.

"사라, 오늘 밤은 나랑 같이 아이들 방에 가서 자요. 오늘 밤에는 저 아가씨와 단둘이 지낼 수 없을 것 같아. 어쩌면 저 아가씨는 오늘 밤에 죽을지도 몰라. 정신을 잃고 쓰러지다니……. 정말 이상한 일이야. 아마 무엇을 봤나 봐. 마님도 좀 지나치셨지."

잠시 후에 베시와 사라가 함께 들어왔다. 둘 다 자리에 누웠지만 그들은 잠들기 전에 30분 동안이나 낮은 목소리로 소곤댔다.

"글쎄, 흰옷을 입은 것이 그 애의 앞을 지나쳐 갔다는군."

"그 뒤에는 검은 개 한 마리가 따르고."

"교회 지하실에 있는 주인어른 무덤 바로 위에 빛이……."

대개 이런 이야기들이었다.

나는 다음 날 낮에 일어나, 어깨에 숄을 걸치고 아이들 방의 난롯가에 앉았다. 몸이 매우 쇠약해진 것을 느꼈다.

그러나 그것보다도 더욱 견딜 수 없는 것은 뭐라고 표현할 수 없는 우울함이었다. 이 우울함은 내가 끊임없이 눈물을 흘리게 했다.

그래도 나는 행복하다고 느껴야만 했다. 왜냐하면 리드 가의 사람들이 모두 외출하고 없었기 때문이다.

애벗은 다른 방에서 바느질을 하고 있었고, 베시만이 왔다 갔다 하면서 서랍을 정리하거나 장난감을 치우면서 이따금 내게 이상할 정도로 다정하게 말을 걸었다.

베시가 예쁜 접시에 파이를 담아서 가지고 왔지만 먹고 싶지 않았고, 평소에 좋아하던 그림책을 보아도 조금도 즐겁지 않았다.

나는 책을 덮은 다음 탁자 위에 놓고, 난롯불이 빨갛게 타오르는 것을 지켜보았다.

그때, 누군가가 문을 두드리더니 방 안으로 살며시 들어왔다. 어제 다시 오겠다고 약속했던 로이드 씨였다.

"일어나 있었군요. 잘 잤어요?"

"네, 훨씬 좋아진 것 같지만……."

내가 대답을 하지 않자 베시가 대신 대답했다.

"그렇다면 좀 더 명랑해 보여야 할 텐데……. 아가씨, 이쪽으로 와 봐요. 이름이 뭐지요?"

"제인 에어예요."

"아니, 울고 있었군요. 제인, 왜 울었는지 말해 봐요. 어디가 또 아파요?"

"아뇨, 아프지 않아요."

"아가씨는 주인마님과 같이 마차를 타고 나가지 못해서 운 거예요."

베시가 곁에서 참견을 했다.

"아니에요. 난 여태까지 그따위 일로 운 적은 없어요. 나는 마차를 타고 외출하는 걸 좋아하지 않아요. 그냥 나 자신이 서글퍼져서 운 것뿐이에요."

"어머나, 아가씨도……."

베시가 무안한 듯 말했다.

그러나 로이드 씨는 내 얼굴을 가만히 들여다보며 무엇인가를 생각하더니 나에게 물었다.

"어제는 왜 병이 났지요?"

"넘어졌답니다."

베시가 당황해하며 대답했다.

"넘어졌다고요? 아니, 그 나이에 제대로 걷지도 못해요? 아직 어린애군요. 여덟 살이나 아홉 살이면 그렇기도 하겠지만."

"아니에요. 전 맞아서 넘어진 거예요."

자존심이 상한 나는 화를 참을 수가 없어서 있었던 일을 그대로 로이드 씨에게 들려주었다.

"하지만 그래서 병이 난 것은 아니에요. 그건……."

로이드 씨가 한참 동안 생각에 잠긴 것을 보고, 이렇게 덧붙였다.

그때 하인들의 식사 시간을 알리는 종소리가 집 안에 울려 퍼졌고, 로이드 씨가 베시에게 말했다.

"베시, 저 종이 베시를 부르는 것 같은데 어서 가 봐요. 식사하는 동안 내가 아가씨와 잘 이야기하고 있을 테니."

베시는 내가 무슨 얘기를 할지 듣고 싶은 눈치였으나, 이곳에서는 식사 시간만은 철저히 지켜야 했기 때문에 할 수 없이 방에서 나갔다.

베시가 나가자, 로이드 씨가 다정하게 내 얼굴을 보면서 물었다.

"제인, 넘어지거나 맞아서 병이 난 것이 아니면 무엇 때문이지요? 어제 왜 정신을 잃었는지 말해 줄 수 있겠어요?"

"저는 밤이 될 때까지 유령이 나오는 붉은 방에 갇혀 있었어요."

"유령이 나오는 방이라고요? 하하하, 역시 어린아이군요. 유령이 무섭나요?"

"리드 외삼촌 유령을 말하는 거예요. 외삼촌은 그 방에서 돌아가셨고, 관도 그곳에 모셨어요. 그래서 아무도 그 방에 가려고 하지 않아요. 그런데 더구나 촛불도 없이 깜깜한 그 방에 저혼자 갇혀 있었다고요. 아마 평생 잊지 못할 거예요."

"바보 같은 소리를 하는군요. 그래, 그것 때문에 슬프단 말이지요? 이런 대낮에도 무섭나요?"

"아니요, 지금은 무섭지 않아요. 그렇지만 곧 밤이 올 거예요. 그리고 저는 또 다른 일 때문에 불행해요. 정말이에요."

"다른 일 때문에 불행하다고요? 그것에 대해 나한테 이야기해 줄래요?"

나는 이 물음에 대해 얼마나 많은 것을 말하고 싶었는지 모른다. 또 그 대답을 정리하는 데 얼마나 힘이 들었는지 모른다.

내 가슴속에 있는 슬픔을 다른 사람에게 말함으로써 그것을 잊어버릴 수 있는 단 한 번의 기회를 놓치는 것이 겁나서, 나는될 수 있는 대로 솔직히 대답하려고 애를 썼다.

"제겐 아빠도 엄마도 없고, 형제도 없어요."

"아가씨에게는 친절한 외숙모님과 외사촌들이 있잖아요?"

로이드 씨의 말에 나는 잠시 입을 다물었다. 그러다가 다시어색하게 말을 이었다.

"존은 늘 나를 때리고, 외숙모는 붉은 방에 나를 가두고……."

"아가씨는 게이츠헤드 저택이 좋은 곳이라고 생각하지 않나요? 아가씨는 이렇게 좋은 데서 사는 것을 그다지 고맙게 생각하지 않는 모양이군요."

"물론 이곳은 넓고 훌륭한 저택이에요. 하지만 여기는 우리집이 아닌걸요. 그리고 애벗이 그러는데, 저는 이 집에 있을 권리가 하인만큼도 없대요."

"바보같이……. 설마 이렇게 훌륭한 집에서 나가고 싶다는 소리는 아니겠죠?"

"만일 어딘가 갈 곳이 있다면, 이 집에서 나가고 싶어요. 하지만 어른이 될 때까지는 아무래도 여기를 못 떠나겠지요."

"음, 그럴지도 모르죠. 하지만 그야 알 수 있나요? 리드 부인 말고 다른 친척은 없어요?"

"모르겠어요. 예전에 외숙모가 아버지 쪽으로 가난한 친척이 있다고 했는데, 어디에 사는지는 전혀 모른다고 했어요."

"만일 그런 친척이 있다면 그곳으로 가고 싶어요?"

"아니요. 나는 가난한 사람들과 같이 살고 싶은 생각은 없어요."

나는 단호한 목소리로 이렇게 대답했다.

"만일 그분들이 아가씨에게 친절하다면요?"

나는 머리를 저었다. 부자인 리드 부인도 나를 괴롭히는데,

가난한 사람들이 과연 친절할 수 있을지 잘 몰라서였다.

"그런데 아가씨 친척들이 정말 그렇게 가난할까요?"

"저도 잘 모르지요. 다만 외숙모 말씀이 만일 제게 친척이 있다면 모두 가난뱅이일 거라고 했어요. 저는 거지처럼 살긴 싫거든요."

"그럼 학교에 가고 싶은 마음은 있어요?"

나는 다시 생각에 잠겼다. 학교에 대해서는 잘 모르지만, 내 생활을 바꿔 줄 수 있는 곳이라는 생각이 들었다. 베시는 학교는 많은 것을 가르쳐 주는 곳이고, 그곳에서 배운 것은 매우 쓸모 있다고 말했다.

나는 잠깐 생각한 뒤, 로이드 씨에게 말했다.

"네, 정말 학교에 가고 싶어요."

"그래요? 그건 다행이군요. 하지만 어떻게 될지……."

로이드 씨가 그렇게 말했을 때, 때마침 리드 외숙모가 돌아왔다.

로이드 씨는 외숙모와 할 얘기가 있다면서 방을 나섰다.

나중에 일어난 일로 짐작해 보건대, 그날 로이드 씨는 대담하게도 나를 학교에 보내라고 리드 외숙모에게 강력하게 권했으며, 또 그 권고가 그 자리에서 받아들여진 것 같았다.

그러던 어느 날 밤 눈을 감고 잠을 청하는데, 베시와 애벗이 얘기하는 소리가 들렸다. 그 두 사람은 내가 잔다고 생각하고 얘기를 하는 것 같았다.

"마님이 말이야, 성가신 애를 쫓아 버릴 수 있어서 기쁘다고 말씀하셨대."

"그렇다면 마님이 로이드 씨의 말을 따른 거군요."

애벗이 한층 목소리를 낮추어 베시에게 말했다.

"그래, 베시! 아주 좋은 것을 알려 주었다고 기뻐하셨어. 제인 아가씨의 아버지는 가난한 목사였고, 어머니는 돌아가신 주인어른의 동생이었는데 신분 차이로 모두가 반대했었나 봐. 그런데도 불구하고 두 사람이 결혼해 버리자, 화가 난 제인 아가씨의 외할아버지가 재산을 한 푼도 남겨 주지 않았대."

"어머, 불쌍해라. 그래서 어떻게 되었대요?"

나는 침대 속에서 숨을 죽이고 가슴을 두근거리며, 애벗의 다음 말을 기다렸다.

"제인 아가씨의 아버지는 마을의 가난한 집들을 방문하다가 전염병에 걸려 죽었는데, 그때 어머니는 남편을 간호하다가 전염병이 옮아서 한 달 후에 죽었다나 봐."

애벗의 말에 베시는 한숨을 깊이 쉬며 말했다.

"제인 아가씨가 정말 가여워요."

"그래, 만일 제인 아가씨가 조금이라도 귀엽고 착한 구석이 있으면 모두들 불쌍하다고 동정할 텐데……. 저렇게 얄미운 아가씨한테는 아무래도 정이 안 가."

나는 애벗이 하는 이야기를 모두 들었고, 기억조차 없는 아버지와 어머니의 모습을 밤새도록 그려 보았다.

몇 주일이 흘렀다. 하지만 내가 기대했던 새로운 생활은 어느 것 하나도 시작되지 않았다. 오히려 이전보다 더 심하게 외숙모의 감시를 받게 되었다.

내가 아프고 난 뒤, 외숙모는 절대 외사촌들과 함께 놀지 못하게 했고 자는 것도 먹는 것도 언제나 내 방에서 혼자 하도록 했다.

엘리자와 조지애나는 외숙모의 명령에 따라 나하고는 말도 하지 않으려 했다. 그러나 존은 나와 마주칠 때마다 놀리려 들었다. 한번은 분노와 반항심이 끓어올라서 내가 필사적으로 달려들자, 그는 그만두는 것이 상책이라고 생각하고는 대신 욕을 퍼부었다. 그러고는 달아나면서 내가 자기 코에 상처를 냈다고 소리를 질렀다.

"엄마, 저 계집애가 내 코를 때렸어요. 사나운 고양이같이 덤벼들었어요."

"그러기에 내가 뭐랬니? 그 계집애 옆에는 가지 말라고 했잖아! 이제부터 누구든 그 계집애하고 상대하지 마!"

이 말을 들은 나는 참을 수 없어서 울음을 터뜨리며 큰 소리로 외쳤다.

"당신들이야말로 내가 상대해 주지 않을 거야!"

그런데 이 말을 듣는 순간, 외숙모가 뚱뚱한 몸에 어울리지 않을 만큼 재빠르게 계단을 뛰어 올라와 나를 아이들 방으로 끌고 가더니 침대 언저리로 냅다 내동댕이쳤다.

"거기에서 꼼짝하지 말고 있어! 한마디라도 지껄이면 어떻게 될지 각오해."

외숙모가 거친 목소리로 위협하자, 순간 나는 내가 무슨 말을 하는지도 모를 말을 뱉고 말았다.

"만일 외삼촌이 살아 계신다면, 외숙모에게 뭐라고 하셨을까요?"

"아니, 뭐라고?"

그 말에 외숙모는 숨이 넘어갈 듯이 헐떡거렸고, 늘 싸늘할 정도로 가라앉았던 두 눈이 공포와 분노에 휩싸였다. 그러고는 잡고 있던 팔을 놓고, 내 얼굴을 물끄러미 들여다보았다. 도대체 어린아이인지 악마인지 알 수 없다는 듯한 표정이었다.

그 순간, 나는 하고 싶은 말을 다 해야겠다고 생각했다.

"리드 외삼촌은 천당에서 외숙모가 어떻게 말하고 무엇을 생각하는지 다 보고 계실 거예요. 우리 엄마 아빠도 그럴 거고요.

나를 온종일 '붉은 방'에 가둬 놓는 것은 물론이고, 내가 죽었으면 하고 속으로 바라는 것도 다 알고 계실 거예요."

외숙모는 너무 놀란 나머지 입을 꾹 다문 채 숨을 죽이고 나를 바라보았다. 그러다가 내 뺨을 찰싹찰싹 후려갈기고는 아무 말도 하지 않고 나가 버렸다.

잠시 후, 베시가 들어와서 근 한 시간 동안이나 잔소리를 늘어놓았다. 이 세상에 있는 어린아이 가운데서 나처럼 못되고 염치없는 아이는 없을 거라고 말했다.

나도 베시의 말 가운데 반쯤은 옳다고 생각했다. 사실 나 자신도 사악한 감정이 마음속에서 꿈틀대고 있다는 것을 느꼈으니 말이다.

12월이 지나고 1월도 절반이나 지나갔다. 게이츠헤드에서는 크리스마스와 신년 파티가 열렸다. 선물 교환이 있었고, 만찬회며 저녁 파티도 열렸다. 하지만 나는 여기에서 제외되었다.

크리스마스 파티가 열려도, 새해가 되어 사촌들이 새 옷으로 예쁘게 치장을 해도, 나는 아래층에서 들려오는 떠들썩한 웃음소리나 피아노 소리에 귀를 기울이는 일밖에는 할 일이 없었다.

그러다가 이런 것에도 싫증이 나면 나는 고요하고 쓸쓸한 아이들 방으로 갔다. 그곳에 앉아 있으면 마음 한구석이 서글프기는 했지만 비참하다는 생각이 들진 않았다.

그런 나를 불쌍하게 생각한 베시만이 손님들이 돌아간 뒤 남은 과자와 빵, 치즈 따위를 몰래 들고 올라왔다.

베시는 내가 그것을 먹는 동안 침대에 걸터앉아서 나를 물끄러미 바라보곤 했는데, 그럴 때면 나는 베시를 이 세상에서 가장 다정하고 아름다운 사람이라고 생각하곤 했다.

베시는 변덕스럽고 성질이 급해서 때로는 쌀쌀맞을 때도 있지만, 그래도 이 집에서 나에게 가장 친절하게 대해 주는 사람이었다. 나는 그런 베시를 좋아했다.

새로운 학교생활

1월도 반이나 지난 중순의 어느 날 아침, 나는 베시의 명령대로 자리를 정돈하고 있었다. 자기가 돌아오기 전까지 깨끗이 청소를 해 놓으라고 했기 때문이었다.

요즘에 와서 베시는 내게 방을 치우게 하는가 하면, 걸상의 먼지를 털게 하면서 마치 하녀처럼 부려 먹었다.

그때 마차가 달려오는 소리가 들리더니 낯선 마차 한 대가 대문 앞에 섰다.

"아침부터 누구지? 어차피 나랑 상관없는 사람일 텐데 뭐."

나는 고개를 돌려 창문 앞 벚나무 가지에 앉아 울고 있는 작은 새를 바라보다가, 먹다 남은 빵 부스러기를 새에게 던지려고 창틀을 잡아당겼다.

그때였다. 베시가 숨을 헐떡거리며 뛰어왔다.

"제인 아가씨, 뭐 하고 있는 거예요? 당장 그 앞치마를 벗어요. 그런데 여태 뭘 했지? 아침에 세수나 했어요?"

베시는 내 손을 잡아끌고 세면대로 데리고 가더니 손과 얼굴을 싹싹 씻긴 다음 앞치마를 벗기고 예쁘게 머리를 빗겨 주었다.

"이제 됐어요. 어서 거실로 가 보세요. 빨리!"

도대체 누가 나를 기다리고 있는지, 외숙모도 같이 있는지 물어보고 싶었는데 베시는 금세 나가 버렸다.

나는 천천히 계단을 내려갔다. 외숙모에게 대든 일이 있은 다음, 2층 구석방에 오랫동안 처박혀 있어서 그런지 거실로 들어서는 게 겁이 났다.

나는 용기를 내어 손잡이를 돌린 다음 안으로 들어가서 공손히 인사를 했다.

거기에는 리드 외숙모와 처음 보는 키가 큰 신사 한 분이 서 있었다.

외숙모가 항상 앉아 있는 난로 옆자리에서 가까이 오라고 나에게 눈짓을 했다.

"브로클허스트 선생님, 이 애가 방금 말씀드린 아이입니다."

외숙모는 내가 다가가자, 낯선 남자에게 소개했다.

그 남자는 나를 살펴보며 위엄 있는 목소리로 물었다.

"키가 꽤 작구나. 몇 살이지?"

"열 살이에요."

"이름은?"

"제인 에어라고 합니다."

나는 대답을 하면서 고개를 들어 그를 똑바로 쳐다보았다. 그는 키가 큰 신사였지만, 어딘가 속이 좀 좁아 보이는 인상이었다.

"오, 제인 에어. 넌 착한 아이냐?"

내가 그 질문에 머뭇거리자, 외숙모가 대답 대신 고개를 가로저었다.

"그 얘기는 하지 않는 편이 좋을 거예요, 브로클허스트 선생님."

"아, 그것 참 유감스러운 일이군요. 이 아이와 잠깐 얘기를 해 봐야겠습니다."

브로클허스트 씨는 알았다는 듯 고개를 끄덕거리더니 천천히 입을 열었다.

"나는 말 안 듣는 아이가 제일 불쌍하더라. 특히 여자아이가 그럴 때는 더욱……. 제인, 나쁜 사람이 죽으면 어디로 가는지 알고 있니?"

나는 재빨리 대답했다.

"지옥이오."

"지옥에 가고 싶니?"

"아니요."

"그렇다면 어떻게 해야 하지?"

나는 잠시 생각을 하다가 이렇게 대꾸했다. 그러나 그 대답은 전혀 엉뚱한 것이었다.

"몸을 튼튼하게 해서 죽지 않도록 해야 합니다."

"뭐라고? 넌 듣던 대로 정말 이상한 아이로구나. 그럼 너처럼 의지할 곳 없는 아이가 어떻게 몸을 튼튼하게 할 수 있지? 혹시 네가 저세상으로 불려 간다고 해도 널 착한 애라고 생각할 사람이 있을까?"

나는 지금 그의 오해를 풀어 줄 수 있는 형편이 아니었으므로 발을 내려다보며 한숨을 쉬었다.

"지금의 그 한숨이 네 진심에서 우러난 것이고, 또 훌륭한 은인의 마음을 아프게 했던 네 잘못을 후회하는 것이라면 좋겠는데……."

브로클허스트 씨가 내 얼굴을 빤히 쳐다보며 말했다.

나는 '은인'이라는 말에 화가 나서 고개를 숙인 채 입술을 잘근잘근 깨물었다.

외숙모가 남자를 향해 조용히 말했다.

"브로클허스트 선생님, 요전 편지에 말씀드린 그대로지요? 그러니 이 아이를 로드 학교에 입학시켜 주세요. 그래서 이 아이의 가장 나쁜 결점인 거짓말하는 버릇을 고쳤으면 합니다. 제인, 나는 네가 선생님들을 속이는 일이 없도록 하기 위해서 이분께 이런 말씀을 드리는 거란다."

'제가 언제 누구를 속였단 말이에요? 억울해요!'

나는 터져 나오려는 울음을 억지로 참았다. 지금까지 외숙모가 나에게 상처를 준 일은 수없이 많았지만, 모르는 사람 앞에서 나를 거짓말쟁이로 몰아 내 새로운 생활에까지 먹칠을 하자 너무 속이 상했다.

"거짓말을 하는 것은 매우 나쁘지요. 어른들에게 귀여움을 받을 수 없게 하는 가장 큰 결점이죠. 하지만 걱정하지 마십시오, 리드 부인. 선생님들께는 제가 자세히 말해 두겠습니다."

"고맙습니다, 선생님. 이제 이 애가 로드의 학생이 되고, 이 애의 신분이나 장래에 보탬이 될 만한 교육을 받게 되리라고 믿어도 좋겠지요?"

"그럼요, 부인. 마음 놓으십시오."

"되도록 빨리 보내겠습니다. 그리고 여름 방학 때도 가능하다면 로드 학교에서 지낼 수 있도록 부탁드립니다."

"잘 알겠습니다. 그러면 빨리 돌아가서 학교에 연락을 하겠습니다."

브로클허스트 씨는 작별 인사를 하며 나에게 책을 한 권 내밀었다. 그 책은 '어린이 지침서'라는 책이었는데, 거짓말을 일삼던 못된 아이가 갑자기 끔찍하게 죽는 이야기가 있다며, 나에게 그 부분을 꼭 읽어 보라고 했다.

'내가 왜 이 책을 읽어야 하지? 난 거짓말쟁이가 아닌데……'

브로클허스트 씨가 저택에서 나가자, 외숙모는 쌀쌀맞은 태도로 나에게 말했다.

"이제 됐다. 방으로 돌아가."

나는 아무래도 그냥 나갈 수가 없었다. 주먹을 꽉 쥐면서 용기를 내어 마음속의 말을 내뱉었다.

"전 거짓말쟁이가 아니에요. 제가 정말 거짓말쟁이라면 당신을 좋아한다고 말했을 거예요. 분명히 말하지만, 전 이 세상에서 존 리드를 빼고는 당신이 가장 싫다고요."

"할 말이 더 남았니?"

리드 부인이 얼음장처럼 차가운 눈빛으로 나를 쏘아보며 물었다. 이렇게 물을 때의 그 눈빛과 음성은 나를 도저히 참을 수 없는 흥분 상태로 몰아넣었다.

"당신이 저와 한 핏줄이 아닌 게 천만다행이에요. 제가 살아 있는 동안에는 절대로 외숙모라 부르지 않겠어요. 게이츠헤드 저택에서 당한 일들을 로드 학교 사람들에게 전부 다 알려 줄 거예요."

"제인, 어떻게 감히 그런 말을 할 수 있지?"

리드 부인의 얼굴은 두려움으로 가득 차 있었다. 나는 그 표정을 보자 속이 후련해졌다.

"'어떻게 감히'라니요? 그것이 사실 아니던가요? 당신이 저를 '붉은 방'에 가두었던 일을 죽을 때까지 잊지 않을 거예요. 다른 사람들은 당신을 훌륭한 부인이라고 하지만, 사실은 다정함이라고는 손톱만큼도 없는 사람이라고요. 당신이야말로 사람을 속이는 거짓말쟁이예요."

리드 부인은 몹시 놀랐는지 무릎에서 일감이 떨어진 것도 모르고 몸을 옆으로 흔들면서 얼굴을 찡그렸다.

"제인, 너는 걸핏하면 화를 잘 내잖아. 그걸 알아야지. 자, 이제 그만 네 방으로 돌아가거라. 착하지? 그리고 한숨 푹 자렴."

"저는 착한 애가 못 돼요. 잠도 안 오고요. 딴소리하지 마시고 어서 학교나 보내 주세요. 저는 하루라도 빨리 이곳을 떠나고 싶어요. 이곳이 지겹단 말이에요."

"정말이지 하루 빨리 보내 버려야겠군."

리드 부인은 당황한 표정으로 거실에서 나가 버렸다.

1월 19일 새벽, 드디어 로드 학교로 떠나는 날이었다. 그날 새벽 다섯 시가 되자, 베시가 음식과 촛불을 들고 내 방으로 들어왔다. 나는 벌써 일어나서 떠날 준비를 하고 있었다.

드디어 이곳을 떠난다는 생각에 가슴이 설레서 아무것도 먹을 수가 없었다. 베시는 나중에라도 먹으라고 종이에 과자를 싸서 내 가방 안에 넣어 주었다.

"제인 아가씨, 준비 다 되셨지요? 마차가 곧 도착할 거예요."

나는 베시의 뒤를 따라 이층에서 내려왔다.

"마님께 작별 인사를 해야지요."

리드 외숙모의 침실 앞을 지날 때, 베시가 조용히 말했다.

"괜찮아, 베시. 어젯밤에 외숙모가 내 방에 와서 귀찮으니까 아무도 깨우지 말라고 하셨어."

나는 베시의 손을 잡고 긴 복도를 지나서 넓은 현관을 통해 밖으로 나왔다.

"안녕, 게이츠헤드!"

나는 어둠 속에 잠긴 게이츠헤드 저택을 바라보며 힘껏 소리쳤다.

아직 날이 새지 않아서 주위는 깜깜했다. 멀리서 마차 바퀴 소리가 들려왔다.

나는 문간에 서서 다가오는 마차의 등불을 바라보았다.

이윽고 마차가 멈췄다.

"우리 아가씨 잘 부탁해요."

마부가 나를 안아 마차에 태울 때, 베시가 이렇게 말했다.

"예, 예!" 하는 마부의 대답과 함께 마차가 출발했다. 이렇게 해서 마침내 게이츠헤드를 떠난 것이었다.

마차는 여러 마을을 지났다. 우람하고 짙푸른 산들이 지평선 위로 솟아 있었다. 마차는 나무가 우거진 컴컴한 골짜기를 하루 내내 달려갔다.

나무 사이에서 불어오는 바람 소리를 들으며 나는 잠이 들었다. 그리고 얼마 뒤, 마차가 급히 서는 바람에 눈을 떴을 때는 또다시 날이 어두워져 있었다.

문이 열렸고, 마차 밖에 한 사람이 서 있었다. 나는 마차 불빛으로 그 사람의 얼굴과 옷차림을 살폈다.

"여기 제인 에어라는 소녀가 있나요?"

"네, 저예요."

나는 곧바로 마차에서 내렸다. 낯선 땅에 나를 내려놓은 마차는 내 트렁크가 내려지자마자, 곧 어둠 속으로 사라져 버렸다.

"자, 조심해서 날 따라와요."

나는 여자의 뒤를 따랐다. 주위는 비와 바람과 어둠뿐이었다.

자세히 살펴보니, 앞쪽에 큰 문이 열려 있는 것이 희미하게 보였다.

나를 마중 나온 여자가 아무 말도 없이 문으로 들어갔기 때문에, 나도 말없이 그 뒤를 따라 들어갔다.

내 눈앞에는 불빛이 비치는 건물이 길게 뻗어 있었다. 그 여자는 나를 난롯불이 지펴져 있는 방으로 안내해 준 다음 혼자 남겨 두고 나가 버렸다.

활활 타고 있는 난롯불로 시린 손을 녹이면서 벽에 붙어 있는 그림을 보고 있는데, 등불을 들고 선생님 두 분이 들어왔다.

"제인 에어지? 오느라고 고생 많았다. 이런 어린아이를 혼자 보내다니……."

두 사람 중, 키가 큰 선생님이 내 손을 꼭 잡으며 말했다.

"몹시 피곤해 보이는데, 많이 고단하지?"

키 큰 선생님이 내 어깨에 손을 얹으며 말했다.

"네, 조금……."

"아마도 배가 무척 고플 테니 식사부터 하고 나서 쉬게 하는 것이 좋겠군요, 밀러 선생님."

키 큰 선생님이 내 뒤에 서 있는 젊은 선생님을 돌아보며 말했다.

"제인, 부모님 곁을 떠나 학교에 오는 게 처음이지?"

"전 부모님이 안 계세요."

다정하면서도 기품이 있어 보이는 선생님은 내게 부모님은 언제 돌아가셨느냐, 나이는 몇 살이냐, 이름은 뭐냐, 읽고 쓸 줄은 아느냐, 바느질은 조금이라도 할 수 있느냐 등을 물어보셨다.

그런 다음 내 볼을 어루만지더니 밀러 선생님을 따라가라고 하며 말했다.

"착한 아이가 되도록 하세요."

나는 밀러 선생님의 뒤를 따라 복도를 지나서 시끄럽게 떠드는 소리가 들리는 넓은 방으로 들어갔다.

그 방의 양쪽에는 소나무로 만든 큰 책상이 두 줄씩 나란히 놓여 있었고, 책상 위에는 군데군데 촛불이 켜져 있었다. 그리고 70, 80명쯤 되는 열 살부터 스무 살에 이르는 소녀들이 모두 다갈색의 수수한 옷을 입고, 삼베로 만든 긴 앞치마를 두른 채 의자에 앉아 있었다.

내가 그 방에 들어갔을 때는 마침 자습 시간이었다. 학생들은 내일 배울 것을 예습하고 있었는데, 시끄러웠던 것은 모두 낮은 소리로 뭔가를 암송하고 있었기 때문이었다.

"반장은 책을 모아 주세요."

밀러 선생님은 나를 문 가까이에 있는 의자에 앉힌 다음, 방 한가운데로 걸어가서 큰 소리로 말했다. 그러자 키가 큰 소녀들이 재빠르게 책을 모아 정리했다.

선생님은 이번에는 저녁 식사를 가져오라고 했다. 소녀들은 금세 얇게 썬 빵과 물 주전자를 가지고 왔다. 나는 목이 말라 물은 마셨지만, 새로운 생활에서 오는 흥분과 피로 때문에 빵은 먹을 수가 없었다.

식사가 끝나자 모두 2층 침실로 올라갔다. 침실은 매우 좁고 길었으며, 한 침대에 두 사람씩 자게 되어 있었다.

나는 침대에 누웠는데, 꿈도 꾸지 않을 정도로 완전히 곯아떨어졌다.

다음 날 아침, 나는 시끄러운 종소리에 눈을 떴다. 아직 날이 새지 않았는데도 학생들은 연신 하품을 해대며 옷을 입기 시작했다. 지독하게도 추운 날씨였다.

나는 부들부들 떨면서 겨우 옷을 입었고, 대야가 비기를 기다렸다가 세수를 했다. 방 중앙의 세면대에는 여섯 명에 한 개씩 대야가 배당되어 있었기 때문에 차례를 기다리는 것이 매우 지루했다.

잠시 뒤, 또다시 종이 울렸다. 모두 두 사람씩 나란히 열을 지어 계단을 내려가, 희미한 등불이 켜져 있는 추운 교실로 들어갔다.

학생들이 모두 자리에 앉자, 밀러 선생님이 기도문을 읽는 것으로 예배가 시작되었다. 성경 말씀을 몇 번이나 읽는 지루한 성경 공부가 끝났을 때는 이미 날이 환하게 밝아 있었다.

또다시 종소리가 길게 울렸다. 이번에는 아침 식사를 알리는 소리였다. 나는 전날부터 아무것도 먹지 않아서 배가 고파 죽을 지경이었다.

식당으로 들어서니, 식탁 위에는 김이 모락모락 나는 그릇이 놓여 있었다.

"우욱, 구역질 나! 틀림없이 썩은 감자일 거야."

모두들 식탁 위의 접시를 보고는 불만을 터트리며 숟가락조차 들지 않았다.

"떠들지 말아요. 조용히 해요!"

한쪽 자리에 있던 까다롭게 생긴 선생님이 엄숙한 목소리로 말했다.

하지만 나는 너무 배가 고픈 나머지 그 음식들을 정신없이 먹기 시작했다. 그러나 어느 정도 배고픔이 가시자, 그 음식들이 얼마나 형편없는 것인지를 깨닫고는 이내 숟가락을 내려놓았다.

그럭저럭 아침 식사가 끝났지만 제대로 음식을 먹은 사람은 아무도 없었다.

수업이 다시 시작되려면 15분쯤 있어야 했는데, 그동안 교실은 온통 떠들썩했다. 이때만큼은 큰 소리로 자유롭게 말을 해도 괜찮은 모양이었다.

내용은 처음부터 끝까지 아침 식사 이야기로, 모두들 노골적으로 그것을 비난했다. 몸집이 큰 학생들 한 무리가 저마다 심각하고 샐쭉한 표정으로 수군대고 있었다.

그때 누군가의 입에서 브로클허스트 선생님의 이름이 나왔다. 그러자 아직 그 방에 남아 있던 밀러 선생님이 그렇지 않다는 듯이 머리를 가로저었다. 그러나 밀러 선생님도 화가 났는지, 모두의 분노를 가라앉히려는 노력을 별로 하지 않았다.

교실 안에 있는 괘종시계가 9시를 치자, 밀러 선생님은 학생들을 헤치고 나와 교실 한가운데에 서서 외쳤다.

"모두들 조용히! 제자리에 앉아요."

잠시 뒤, 소란스러움이 정돈되었다. 혼잡이 가시고 비교적 조용한 분위기가 되자, 선생님들은 각자 자기 자리에 가서 앉았다.

나는 선생님들을 자세히 뜯어보았지만 마음에 드는 선생님이 하나도 없었다.

내가 선생님들의 얼굴을 이리저리 살펴보고 있는데, 교실 안의 학생들이 일제히 한곳을 바라보는 것 같았다. 나는 그쪽으로 눈길을 돌리다가, 어젯밤 나를 맞아 준 선생님을 보았다.

그 선생님은 난로 옆에 서서 엄숙한 표정으로 두 줄로 선 학생들을 둘러보고 있었다. 선생님은 키가 크고 날씬했는데, 상냥한 눈과 넓은 이마에 그린 듯한 눈썹이 인상적이었다.

그 선생님은 상급반 학생들을 상대로 지리 수업을 시작했다.

그동안에 하급반 학생들도 각기 다른 선생님들에게 불려가 역사, 문법, 암송, 산술, 글쓰기 공부를 계속했다.

마침내 괘종시계가 12시를 알렸다. 그러자 지리 수업을 하던 선생님이 자리에서 일어나 우리를 둘러보며 말했다.

"오늘 아침에 여러분은 아무도 식사를 제대로 하지 않았습니다. 그 음식들은 도저히 먹을 수 없더군요. 그래서 점심 식사는 제가 직접 치즈 바른 빵을 준비했어요."

밀러 선생님을 비롯한 다른 선생님들이 깜짝 놀라면서, 말씀 하시는 선생님을 걱정스럽게 쳐다보았다.

그러자 그 선생님은 근엄한 목소리로 말했다.

"이 일은 내가 책임지고 하는 것입니다."

어제 나에게 착한 아이가 되라며 나를 격려해 준 선생님이라, 옆 아이에게 누구냐고 물어보았다. 그랬더니 템플 선생님이라 고 했다.

곧바로 치즈 빵을 나누어 주자, 학생들의 기쁨은 말할 수 없 이 컸다.

나도 빵을 배불리 먹은 후, 교정으로 나왔다. 교정에는 높은 담이 빙 둘러쳐져 있어서 밖의 경치가 조금도 보이지 않았다. 게

다가 하늘은 잔뜩 흐렸고, 공기는 살갗을 찢을 듯이 차가웠다.

얼굴빛이 나쁜 학생들은 교정 구석에 한데 모여 추위를 피하고 있었다. 건강하고 활발한 학생들 몇 명은 어제 내린 비로 아직도 축축하게 젖어 있는 운동장을 뛰어다녔다.

아직 나는 누구와도 이야기를 해 보지 않았고, 아무도 나를 관심 있게 보는 것 같지 않아 외로운 기분으로 서 있었다. 그러나 이런 기분에는 꽤 익숙해져 있었기 때문에 별로 신경 쓰지 않았다.

나는 수녀원 비슷한 정원과 교사(校舍)를 바라보았다.

건물은 매우 컸지만, 그중 반은 낡은 잿빛 건물이었다.

'로드 아동 복지 자선 학교를 나오미 브로클허스트가 세우다.'

현관 위 석판에는 위와 같은 글과 함께 성경 구절이 새겨져 있었다.

'아동 복지 자선 학교라는 것은 무슨 뜻일까?'

기념비를 보면서 그런 생각을 하고 있는데, 뒤에서 기침 소리가 들렸다. 뒤돌아보니 한 소녀가 벤치에서 열심히 책을 읽고 있었다.

"그 책 재미있을 것 같다. 무슨 얘기야?"

나는 책 표지에 그려져 있는 그림을 보면서 말을 걸었다.

"그런데 저 문 위, 돌에 새겨져 있는 말이 무슨 뜻이야? 로드 아동 복지 자선 학교란 무슨 뜻이야? 보통 학교랑 다른 거야?"

"응, 조금 달라. 여기는 후원금으로 운영돼. 여기 오는 아이들은 모두가 엄마나 아빠가 없는 애들이고."

"나는 두 분 다 안 계셔. 두 분 다 어렸을 때 돌아가셨어. 그러면 나오미 브로클허스트는 누구야?"

"이 학교를 지은 사람인데, 지금은 그 여자의 아들이 학교를 운영하고 있어. 브로클허스트 씨라고……."

"그러면 아까 치즈 빵을 먹게 해 주신 키 큰 선생님이 교장 선생님이 아니란 말이야?"

"아아, 템플 선생님 말이구나. 템플 선생님은 주임 선생님인데, 모든 걸 브로클허스트 씨에게 보고해야 돼. 브로클허스트 씨가 우리에게 먹을 것이랑 입을 것을 사 주거든."

"그렇구나. 아 참, 또 물어볼 게 있는데 머리가 검고 키가 작은 선생님은 누구야?"

"스캐처드 선생님 말이야? 그 선생님은 성질이 급해서 화를 잘 내."

"너는 이곳에 온 지 얼마나 되었니?"

"2년 되었어."

"너도 고아니?"

"아버지만 계셔."

"여기 있는 게 좋아?"

"넌 한꺼번에 참 많이도 묻는구나! 오늘은 이쯤 해 두자. 나는 책을 더 읽어야겠어."

그 뒤로도 나는 그 아이에게 여러 가지를 물어보았고, 로드 학교에 대해 이것저것 알아 갔다.

그다음 날, 나는 초급반에 들어가 스미스 선생님께 받은 천으로 자수를 하고 있었다.

이 학교는 상급반과 초급반이 한 교실 안에서 같이 공부하기 때문에 조금만 눈을 돌리면 다른 반의 모습을 볼 수 있었고, 조금만 귀를 기울이면 들려오는 소리를 통해 무엇을 하는지 알 수 있었다.

나는 수를 놓으면서, 스캐처드 선생님에게 쫓겨나 교실 한복판에서 벌을 받고 있는 학생을 보게 되었다. 그 학생은 어제 나와 얘기를 했던 소녀였다.

"헬렌 번즈, 왜 좀 더 고분고분하지 않죠?"

스캐처드 선생님이 몹시 화가 난 목소리로 헬렌이란 소녀에게 말했지만, 그 소녀는 창피한 기색 하나 없이 서 있었다. 선생님은 회초리로 헬렌의 가냘픈 발목 언저리를 내리쳤다.

"이 고집스런 계집애! 이렇게 하지 않으면 착한 아이가 될 수 없어."

선생님은 이렇게 소리치며 때리는 것을 겨우 멈췄다.

그러나 헬렌은 용감하게 아픔을 꾹 참고 눈물 한 방울 흘리지 않았다.

어떻게 그토록 침착하게 견딜 수 있는지 이해할 수가 없었다.

그날 저녁, 나는 쉬는 시간에 헬렌 곁으로 갔다. 헬렌은 이때도 주위의 소란에는 아랑곳하지 않고 열심히 책을 읽고 있었다.

"그거 어제 읽던 책?"

"응, 거의 다 읽어 가."

내가 말을 걸자, 헬렌이 나를 쳐다보며 대답했다. 헬렌은 3분쯤 더 책을 읽더니, 다 읽었는지 책을 덮었다.

나는 '이제 말을 걸어도 되겠지.' 하고 생각하고 헬렌에게 물었다.

"네 이름은 뭐니?"

"헬렌 번즈."

"너희 집은 어디야?"

"여기서 좀 멀어. 북쪽, 스코틀랜드에서 가까운 곳이야."

"넌 이 학교가 싫지 않아? 내가 너처럼 맞았다면 분명 못 참았을 텐데……."

"그럼 넌 이 학교에서 당장 쫓겨날 거야. 악을 선으로 갚으라고 성경에도 쓰여 있잖니. 어쩔 도리가 없을 때는 참아야만 해."

"하지만 모두가 보는 데 세워 놓고 때리는 건 너무했어."

"그것이 운명인데도 참지 못한다면, 그건 약하고 어리석은 거야."

"넌 훌륭해. 그리고 참 좋은 아이야."

"하지만 나는 스캐처드 선생님 말씀처럼 꼼꼼하지도 못하고, 고분고분하지도 않아. 그런 점이 선생님은 마음에 들지 않나 봐."

헬렌은 냉정하게 자신을 평가했다. 나는 그런 헬렌에게서 알 수 없는 이상한 힘을 느꼈다.

"스캐처드 선생님은 심술 맞아."

"그런데 템플 선생님도 스캐처드 선생님처럼 너에게 심하게 구니?"

템플 선생님의 이름이 나오자, 헬렌의 얼굴에 상냥한 미소가 떠올랐다.

"아니. 템플 선생님은 정말 좋은 분이야. 그분은 어떤 사람한테도, 심지어는 이 학교에서 제일 못된 학생까지도 심하게 다루는 걸 싫어하셔."

헬렌은 그렇게 말을 하고 나서 갑자기 내게 물었다.

"너도 성경을 읽어 보았겠지만, 신약 성경에서 예수님이 뭐라고 하셨는지 알아?"

"뭐라고 말씀하셨는데?"

"네 원수를 사랑하라. 그리고 너희를 저주하는 자를 위하여 기도하고, 너희를 미워하고 구박하는 자에게 선한 일을 행하라고 하셨어."

"그렇다면 나도 리드 부인을 사랑해야겠네. 그렇지만 난 그렇게는 못 하겠어. 또 그녀의 아들 존을 위해 기도해야 한다면, 그건 더 못 할 것 같아."

그러자 헬렌 번즈가 내 이야기를 들려 달라고 했다. 그래서 나는 가슴에 품었던 억울하고 분한 이야기를 나름대로 털어놓았다.

헬렌은 묵묵히 내 이야기를 들어 주었다. 뭐라고 한마디 할 것도 같은데, 아무 말도 하지 않아서 도리어 내가 물었다.

"너도 리드 부인을 인정이 없고 못된 여자라고 생각하지?"

"분명히 그 사람들은 네게 친절했던 것 같지 않아. 하지만 그분은 스캐처드 선생님이 내 결점을 미워하듯이, 네 결점을 미워한 거야. 그렇지 않니? 그런 일을 모두 잊어버리면 오히려 마음이 가볍지 않을까? 나는 죄는 미워하지만 그 죄를 지은 사람을 진심으로 용서할 수 있어. 그렇게 마음을 먹으면 복수할 생각에 사로잡히지도 않고, 사람을 미워하게 되지도 않아."

헬렌은 이 말을 나에게 하면서, 자기 자신도 타이르는 것 같았다.

나는 그런 헬렌이 왠지 좋아졌다.

잊지 못할 친구와 선생님

로드 학교에 들어온 지 한 달이 지났다. 처음에는 학교생활이 낯설었지만 지금은 어느 정도 익숙해졌다.

봄이 되었는데도 여전히 눈이 쌓여 있었고, 또 눈이 녹아도 다닐 수 없을 정도로 길이 엉망이어서 우리는 교회에 가는 일 말고는 학교 밖으로 나다니지 않았다.

이 학교에서 참으로 견디기 힘든 것이 있었다. 그것은 바로 배고픔이었다. 늘 부족한 식사 때문에 덩치가 큰 학생들이 작은 학생들의 식사를 빼앗아 먹곤 했는데, 나도 거의 날마다 식사를 빼앗기곤 했다.

어느 날 오후, 수업 시간에 문득 창밖을 내다보았는데 어디선가 본 적이 있는 키 큰 남자의 모습이 눈에 들어왔다. 그 남자가 교실로 들어서자, 학생들은 선생님의 호령에 따라 전부 일어서서 그 사람을 맞이했다.

기억을 더듬어 생각해 보니, 그 남자는 게이츠헤드에서 나에게 거짓말을 하면 지옥에 간다면서 '어린이 지침서'를 줬던 브로클허스트 씨였다.

리드 부인이 브로클허스트 씨에게 나를 거짓말쟁이라고 소개한 것이라든지, 나의 나쁜 성격을 템플 선생님이나 다른 선생님에게 말해야겠다고 장담한 것을 기억하고 있었기 때문에, 나는 그가 나타나자 몹시 두려워졌다.

브로클허스트 씨는 양미간을 찌푸리며 학생들을 휙 둘러보고 나서 템플 선생님에게 시시콜콜 잔소리를 하기 시작했다.

나는 그때 우연히 교실 맨 앞자리에 앉아 있었기 때문에 그의 말을 대부분 엿들을 수 있었다.

"템플 선생님, 학생들에게 절약을 더욱 강조하세요. 빨랫줄에 널린 양말을 보니 꿰매지 않은 양말이 꽤 있더군요. 구멍이 작을 때 부지런히 꿰매야 오래 신는 법입니다. 그리고 색연필을 일주일에 두 자루나 사용하는 학생이 있는 것 같은데, 일주일에 한 자루 이상은 안 됩니다."

"이제부터 주의하겠습니다."

템플 선생님이 나지막하게 대답하자, 브로클허스트 씨는 또다시 신경질적으로 입을 열었다.

"그리고 요전에 치즈 빵을 내놓았더군요. 그런 사치스러운 식사는 규칙에 없습니다. 맛없는 식사라도 고맙게 먹는 게 이 학교의 방침입니다."

"아, 그 일이라면 제게 책임이 있습니다. 아침 식사가 너무 형편없어서 학생들이 전혀 먹지 못했습니다. 모두 배가 고팠고 추위에 떨고 있었기 때문에 제가 그렇게 하라고 한 것입니다."

"템플 선생, 그런 것으로 학생들을 유혹해서는 안 됩니다. 맛없는 식사도 감사하면서 먹도록 하는 것이 이 학교의 방침이에요. 인내의 정신을 길러 줘야 합니다. 선생은 치즈 빵을 주어서 학생들을 만족시키는 대신 귀중한 정신을 깨우쳐 주지 않았다는 것을 반성하세요."

브로클허스트 씨는 보는 것마다 눈에 거슬렸는지 훈계가 끝이 없었고, 템플 선생님은 앞만 물끄러미 바라보고 있었다. 학생들을 언제나 다정하게 위로하고 격려하던 템플 선생님의 맑고 아름다운 눈이 분노로 조용히 불타고 있었다.

나는 브로클허스트 씨에게 들키지 않으려고 계속 수학 문제를 푸는 척하면서 석판으로 얼굴을 가렸다. 그러나 얼마나 긴장을 했는지, 오히려 그것이 화를 불러일으키고 말았다. 석판이

미끄러져서 요란한 소리를 내며 부서졌기 때문이다.

"이번에 새로 온 학생인가 본데, 꽤 조심성이 없군! 저 학생은 단단히 주의를 주지 않으면 안 되겠군. 석판을 깨뜨린 학생을 이리 나오라고 하시오!"

브로클허스트 씨의 목소리가 온 교실에 울려 퍼졌다.

나는 갑자기 얼어붙은 듯 몸이 말을 듣지 않았다. 그러자 템플 선생님이 다정하게 토닥이며 나를 그의 앞에까지 데려다 주었다. 그리고 내게 귓속말을 했다.

"두려워할 것 없어, 제인. 그건 실수로 그런 것이니까."

브로클허스트 씨는 내 얼굴을 살펴보더니 입가에 싸늘한 미소를 지었다. 그리고 반장에게 높은 의자를 갖고 오게 하여 나를 그 위에 세웠다.

"여러분, 이 신입생의 얼굴이 보입니까? 보는 것처럼 아직 어린아이입니다. 이렇게 봐서는 보통 아이와 똑같아요. 그러나 이 아이는 하느님께 버림받은 아이입니다. 이 아이는 어느 친절하고 자상한 부인이 자기 자식처럼 키워 주었는데도 조금도 감사할 줄 몰랐고, 오히려 거짓말을 일삼았습니다. 그 부인은 이 아이를 더는 어찌할 수가 없어서 이 학교로 보냈습니다. 그러니 선생님들은 다른 학생들이 이 아이에게 물들지 않게 특별히 신경 써 주시기 바랍니다."

브로클허스트 씨는 재판관처럼 말을 한 뒤 기세 좋게 교실을 나가는가 싶더니, 다시 몸을 돌려 크게 소리쳤다.

"그 애를 삼십 분 동안 더 의자에 세워 두시오. 그리고 밤까지 아무도 저 애와 말을 하지 못하게 하시오!"

나는 창피함에 숨이 막히면서 앞이 캄캄해졌다. 그때, 한 학생이 내 옆을 지나가며 힐끗 쳐다보았다. 헬렌이었다. 헬렌은 눈빛으로 나에게 격려와 용기를 불어넣어 주었다.

수업이 끝나자, 모두 차를 마시러 식당으로 가 버렸다. 어두컴컴한 교실에 나 혼자만 남게 되었다.

나는 의자에서 내려와 바닥에 털썩 주저앉았다. 그동안 참았던 눈물이 끊임없이 흘러내렸다.

'이제 선생님들은 나를 어떻게 생각하실까? 오늘 아침에는 반에서 수석을 해서 칭찬도 받았는데……. 이젠 친구들도 나를 싫어하겠지.'

로드 학교에서만큼은 착한 아이가 되어 사랑받고 싶었는데, 그 바람이 순식간에 산산조각 나 버렸다.

그때 헬렌이 다가왔다.

"제인, 그만 울어. 이것 좀 먹어 봐."

헬렌의 손에는 차와 빵 한 조각이 들려 있었다. 나는 고개를 저었다. 헬렌의 따스한 목소리에 난 또다시 흐느껴 울기 시작했다.

"그래, 제인. 차라리 실컷 울어. 울고 나면 괜찮아질 거야."

헬렌은 나의 눈물을 닦아 주었다.

"헬렌, 너는 왜 여기에 있니? 모두 나를 거짓말쟁이라고 생각하는데."

"모두는 아니야. 여기 있던 사람들은 80명뿐이야. 이 세상에는 셀 수 없이 많은 사람이 있잖아."

"하지만 그 사람들이 나와 무슨 관계가 있어? 내가 알고 있는 80명은 날 싫어하고 업신여길 텐데."

"그건 잘못된 생각이야. 아마 이 학교에서 너를 미워하거나 업신여길 사람은 한 사람도 없을 거야. 오히려 너를 가엾게 생각할걸? 브로클허스트 씨를 좋아하는 사람은 별로 없어. 오히려 네가 그 사람의 사랑을 받았다면 널 싫어하겠지."

"브로클허스트 씨가 그렇게 심하게 말하는 걸 들었는데도 나를 가엾게 여길까?"

"브로클허스트 씨가 하느님은 아니잖아. 또 훌륭한 사람도 아니고. 더구나 이 학교에서는 아무도 그 사람을 존경하지 않아. 그리고 제인!"

"응. 왜?"

"온 세상 사람들이 너를 미워하고 나쁜 아이라고 해도, 너 자신이 정말 올바르다면 틀림없이 네 편이 되어 줄 사람이 있을 거야."

헬렌은 말을 마치자마자 숨을 몰아쉬며 기침을 했다.

나는 아무 말도 하지 않은 채, 헬렌의 어깨에 머리를 기대며 헬렌의 허리를 감싸 안았다. 그랬더니 마음이 조금씩 가라앉는 것 같았다.

우리는 한참 동안 어둠 속에서 움직이지 않았다.

이렇게 한참을 앉아 있는데, 누군가가 들어왔다. 템플 선생님이었다.

"제인, 여기 있었구나. 헬렌도 같이 있었네. 둘 다 내 방으로 가자."

우리는 템플 선생님 방으로 갔다. 템플 선생님의 방은 아주 포근했다.

"제인, 이제 다 울었니? 울고 나니까 좀 괜찮아졌지?"

"그렇지도 않은 것 같아요. 저는 거짓말쟁이가 아닌데 거짓말쟁이라고 억울한 비난을 받았어요. 이젠 모두 저를 거짓말쟁이라고 생각할 거예요."

"제인, 착한 아이가 되려고 계속 노력하면 선생님도 그렇고, 모두 제인을 좋아할 거야. 그런데 브로클허스트 씨가 말한 친절하고 자상한 그 부인은 누구니?"

"외숙모예요. 부모님과 외삼촌이 돌아가신 뒤 저를 돌봐 주셨어요. 그런데 외숙모는 저를 미워하고 싫어하셨어요."

"그러면 외숙모가 원해서 너를 맡은 게 아니구나?"

"네. 외숙모는 저를 돌봐 줘야 한다는 것을 매우 못마땅하게 생각하셨어요. 하녀들이 그러는데, 외삼촌이 돌아가실 때 외숙모에게 저를 키워 주라고 부탁하셨대요."

"그랬구나, 제인. 그러면 내가 다 들어 줄 테니까 이야길 해봐. 덧붙이거나 과장하지는 말고."

나는 어렸을 때부터 겪었던 슬픈 사건을 모두 털어놓았다. 사촌인 존에게 얻어맞고 쓰러져 피가 났는데도 오히려 내가 꾸중을 들었던 일, 붉은 방에 갇혔던 일 그리고 친절한 로이드 씨에 대해서도 이야기했다.

템플 선생님은 눈물을 머금은 채 내 이야기를 듣고 나서 내손을 꼭 잡아 주었다.

"로이드 씨라면 나도 알고 있어. 선생님이 로이드 씨에게 편지를 써서, 네가 말한 것이 사실인지 물어볼게. 사실이 증명되면 다른 사람들에게 네가 거짓말쟁이가 아니라고 말할게. 제인, 선생님은 널 믿어."

선생님은 나에게 다정하게 말한 다음, 이번에는 헬렌에게 물었다.

"헬렌, 오늘은 기침을 많이 했니?"

"그렇게 심하진 않았어요."

"가슴의 통증은 어때?"

"좀 나아진 것 같아요."

선생님은 헬렌의 맥박을 재더니 걱정스러운 얼굴로 낮게 한숨을 쉬었다. 그러다가 이내 밝은 표정으로 우리에게 말했다.

"너희는 오늘 밤 내 손님이란다. 손님들에게 뭔가 대접해야겠다."

선생님은 맛있게 생긴 크고 둥근 케이크를 우리들 앞에 내놓았다. 헬렌과 나는 정신없이 케이크를 먹었고, 차도 마시면서 즐거운 한때를 보냈다.

취침 시간을 알리는 종이 울렸다. 템플 선생님은 나와 헬렌을 꼭 끌어안아 주었다. 그런데 선생님은 이상하게도 헬렌을 내려다보며 눈물을 흘리더니, 우리에게 들키지 않으려고 재빨리 눈가를 훔치는 것이었다.

이런 일이 있은 지 일주일 정도 지났을 무렵, 로이드 씨에게서 답장이 왔다.

로이드 씨의 편지에는 내가 선생님께 말한 내용과 똑같이 쓰여 있었다.

그날, 템플 선생님은 전교생이 다 모인 자리에서 나의 억울한 누명을 벗겨 주었다.

"제인 에어에 대해서 알아본 결과 제인은 절대로 거짓말을 하는 아이가 아니라는 것을 알게 되었습니다. 이러한 사실을 여러분에게 발표할 수 있게 되어 무척 기쁩니다."

선생님들은 내 머리를 부드럽게 쓰다듬어 주셨고, 친구들은 내 손을 잡고 기뻐해 주었다.

이렇게 괴로운 짐을 벗고 난 뒤, 나는 어떤 어려움이 있더라도 이를 악물고 열심히 공부하겠다고 굳게 결심했다.

그 결심과 노력 덕분에 얼마 안 있어 나는 상급반으로 올라갔다. 두 달도 되지 않아 프랑스 어와 미술도 배우게 되었다.

안녕, 헬렌

로드 학교에서의 불편함이나 괴로움은 차츰 사라져 갔고, 어느덧 따뜻한 봄이 찾아왔다. 겨우내 칙칙했던 화단에는 연둣빛 싹이 돋아나 날마다 아름답고 싱싱하게 자랐다. 그러나 봄의 짙은 안개는 로드 학생의 반수 이상을 열병으로 앓아눕게 했다.

무서운 전염병이 조금씩 퍼지고 있는 줄은 아무도 몰랐다. 로드 학교가 자리 잡고 있는 숲 속의 골짜기는 안개로 인해서 질병이 발생하는 온상이었다.

5월이 되자마자 발진 티푸스가 로드 학교를 덮쳤다. 평소 먹는 것이 부실했던 학생들은 이 무서운 병에 쉽게 감염되었다. 80명 중 50명 정도가 쓰러져, 학교는 순식간에 병원으로 변해 버렸다.

　평소에는 그렇게 자주 학교를 들락거리던 브로클허스트 씨가 발진 티푸스 발생 이후 발길을 뚝 끊자, 규칙이 조금 느슨해졌다. 덕분에 병에 걸리지 않은 학생들은 자유롭게 생활할 수 있었다.

　의사 선생님도 학생들에게 되도록 밖에 나가서 운동을 하라고 권했기 때문에 대부분의 학생들은 숲으로 자주 놀러 갔다.

　그동안 나는 메어리 앤 윌슨이라는 밝고 쾌활한 소녀와 친구가 되었다. 나보다 나이가 많은 메어리 앤은 내가 모르는 것을 이것저것 가르쳐 주었다. 우리는 숲 속 여기저기를 돌아다녔고, 바위 위에 누워서 사이좋게 이야기도 했다.

　그런데 헬렌은 어디로 갔는지 전혀 볼 수가 없었다. 발진 티푸스로 누워 있는 친구들 사이에도 헬렌은 없다고 했다.

　"헬렌은 우리가 모르는 방에 누워 있을 거야. 발진 티푸스 환자가 아니니까."

　"그럼?"

　"폐병이래. 조금 심한가 봐."

　나는 상급생들이 헬렌에 대해 얘기하는 것을 들었다. 폐병이라는 것이 어떤 것인지 잘 몰랐던 나는, 그저 시간이 지나고 간호만 잘하면 나을 수 있을 거라고 생각했다. 그러나 따스한 봄

날인데도 두터운 겨울옷으로 몸을 감싼 채 햇볕을 쬐고 있는 헬렌의 뒷모습을 보고 나는 깜짝 놀랐다.

그러던 어느 날 저녁, 베이츠 의사 선생님이 학교에 나타났다. 그 의사 선생님은 누군가 위독할 때만 오시는 분이었다.

나는 혹시나 헬렌 때문에 온 것은 아닌가 하고 걱정이 되어, 헬렌이 어떻게 지내고 있는지를 몰래 살펴보기로 했다.

그때, 현관문이 열리고 안으로 들어갔던 의사 선생님과 하얀 옷을 입은 간호사가 나왔다. 간호사가 의사 선생님을 배웅한 다음 다시 안으로 들어가려 했다.

나는 달려가서 간호사를 불러 세우며 물었다.

"저기요, 의사 선생님은 누구를 진찰하러 오셨어요?"

"헬렌 번즈야."

"헬렌이오? 헬렌은 어떤가요?

"오늘 밤이 마지막이 될 것 같다고 하셨어."

간호사는 낮은 목소리로 속삭이듯 말했다.

"헬렌은 지금 어디에 있어요?"

"템플 선생님 방에 있어."

"가 봐도 될까요?"

"절대 안 돼. 자, 빨리 방으로 돌아가. 이렇게 돌아다니면 발진 티푸스에 걸려."

간호사는 나를 현관 안으로 들어오게 한 다음 문을 닫아 버렸다.

그날 밤, 나는 헬렌 생각에 좀처럼 잠을 이룰 수가 없었다.

'무슨 일이 있어도 오늘 밤 헬렌을 만나야 해. 헬렌이 죽기 전에 꼭 껴안아 줄 거야. 그리고 마지막 입맞춤도 해 줘야지.'

나는 맨발로 몰래 침실을 빠져나와 템플 선생님의 방으로 향했다. 전에 한 번 가 본 적이 있어서 템플 선생님의 방을 찾는 건 그리 어렵지 않았다.

템플 선생님의 방에 들어가니 희미한 촛불이 방 안을 밝히고 있었다. 다행히 템플 선생님은 보이지 않았다.

헬렌은 눈을 감은 채 침대에 누워 있었다. 얼굴은 창백하고 많이 야위었지만, 매우 평화로워 보였다.

"헬렌, 자니?"

나는 헬렌의 귀에 대고 속삭였다. 그러자 헬렌이 조용히 눈을 떴다.

"제인, 정말 제인이니?"

나는 헬렌의 다정한 목소리를 듣고 나서 헬렌의 이마에 입맞춤을 했다. 그러나 헬렌의 이마는 예전처럼 따스하지 않고 섬뜩할 정도로 차가웠다. 뺨도 마찬가지였다.

"제인, 여긴 어떻게 왔어? 밤도 늦었는데……."

"널 만나러 왔어, 헬렌. 널 만나 얘기하기 전에는 잠을 잘 수가 없었어."

"그럼 작별 인사를 하러 왔구나. 시간 맞춰 잘 왔어."

"헬렌, 너 어디 가니? 집에 가?"

"응, 영원한 집으로. 내 마지막 집으로······."

"안 돼, 헬렌!"

내가 너무 슬픈 나머지 다음 말을 잇지 못하고 있는데, 헬렌의 기침이 시작되었다.

헬렌은 축 늘어져서 잠시 꼼짝도 하지 않더니, 내 발을 보고는 가냘픈 목소리로 말했다.

"제인, 너 맨발이구나. 내 이불 속으로 들어와."

나는 헬렌의 말대로 했다. 헬렌은 내가 이불 속으로 들어가자, 내 목에 팔을 감고 나를 끌어안았다.

"제인, 나 정말 행복해. 그러니까 내가 죽더라도 슬퍼하지 마. 아까 기침을 했더니 좀 피곤하다. 잠이 와. 나 좀 자고 싶어. 내 곁에 있어 줘, 제인."

"그래, 함께 있을게."

"그럼 잘 자. 제인."

"잘 자, 헬렌."

헬렌은 나에게 입맞춤을 했고, 나도 헬렌에게 입맞춤을 했다.

나는 헬렌의 가냘픈 목에 볼을 댄 채, 금세 잠이 들고 말았다.

다음 날 아침, 나는 소란스러운 소리에 눈을 떴다. 올려다보니, 어떤 간호사가 나를 안고 기숙사 쪽으로 급히 걸어가고 있었다.

"간호사 언니, 헬렌은요?"

"……."

"헬렌은 어떻게 되었어요? 날 내려 줘요! 헬렌과 함께 있을래요!"

나는 간호사에게 소리쳤다.

"헬렌은 죽었어. 이제 이 세상 어디에도 없어."

간호사가 고개를 흔들며 조용히 말했다.

이상한 분위기가 내 가슴을 무겁게 짓눌렀다. 예전 같으면 침실을 떠났다고 불벼락이 떨어졌을 텐데, 모두들 내게 꾸중조차 하지 않았다. 사람들 눈에는 눈물이 가득 고여 있었다.

잠시 뒤, 템플 선생님이 내게 다가와 나를 끌어안으며 말했다.

"제인, 헬렌은 지금쯤 천국에 있을 거야."

템플 선생님은 말끝을 잇지 못하고 끝내 울음을 터트렸다.

이틀 정도 지난 후에야 그날 밤 이야기를 들을 수 있었다.

템플 선생님이 새벽녘에 방으로 돌아와, 내가 헬렌과 함께 침대에 누워 있는 것을 발견했다고 했다.

그때 나는 잠들어 있었지만, 헬렌은 이미 숨을 거뒀던 것이다.

헬렌은 그날 브로클허스트 교회 묘지에 묻혔다.

그녀가 죽은 뒤 15년 동안 헬렌의 무덤은 잡초가 무성한 흙무덤에 불과했다.

그런데 지금은 헬렌의 이름과 함께 "나 다시 태어나리라."라는 말이 새겨진 잿빛 대리석 비석이 그녀가 묻혀 있음을 나타내고 있다.

선생님이 된 제인

그 뒤, 8년이라는 세월이 흘렀다. 그 8년 동안 로드 학교에서는 여러 가지 크고 작은 사건이 있었다.

가깝게 지내던 친구 헬렌이 하늘나라로 떠났고, 무서운 발진 티푸스 때문에 로드 학교의 많은 학생이 죽었다.

로드 학교에 유난히 발진 티푸스 환자가 많이 발생하자, 그 원인을 조사하러 사람들이 오게 되었다. 그들은 브로클허스트 씨가 준 음식과 옷이 형편없다는 걸 알게 되었다. 그래서 훨씬 마음이 따뜻하고 사려 깊은 몇몇 사람들에게 로드 학교의 운영을 맡기기로 했다.

그 뒤 로드 학교는 몰라볼 정도로 훌륭하고 품위 있는 학교로 다시 태어났고, 아이들 모두 만족하며 생활할 만큼 좋은 환경을 갖추게 되었다.

나는 로드 학교에서 지낸 8년 동안 내게 주어진 기회를 놓치지 않았다. 최상급반에서는 수석을 차지했고, 2년 전에는 교사의 직무까지 맡았다. 그리고 템플 선생님과는 더더욱 가까워졌다.

템플 선생님은 교장 선생님이 되어 계속 자리를 지키셨는데, 나에게 어머니, 가정 교사 그리고 나중에는 친구 역할까지 해 주셨다.

템플 선생님과 언제까지나 함께 있을 거라고 생각하며 지내던 어느 날, 그러니까 내가 교사로 일한 지 2년이 거의 다 되어 갈 무렵에 선생님은 어느 목사님과 결혼을 해서 학교를 그만두게 되었다.

선생님의 결혼을 축하해 드려야 했는데, 내 마음은 왠지 무겁기만 했다. 선생님의 결혼식이 끝나고 선생님을 태운 마차가 떠났다.

온몸에 힘이 빠졌다. 소중했던 마음의 지주를 잃고 이제부터 어떻게 살아가야 할지 막막했다.

나는 창문을 열고 밖을 바라보았다. 교정 너머로 로드 숲이 보였고, 훨씬 더 멀리로는 푸른 산이 희미하게 보였다.

그때, 문득 내 마음속에서 이 학교를 떠나 좀 더 넓은 사회에서 자유롭게 일하고 싶다는 욕망이 일어났다.

나는 곰곰이 생각한 끝에 열네 살 이하의 여자아이를 가르치는 가정 교사 자리를 구한다는 광고를 냈다.

이 광고를 내고 일주일 정도 지났을 때, 나는 밀코트 근교의 손필드에서 온 편지 한 통을 받았다.

지난주 목요일에 J. E. 님의 광고를 보았습니다.

광고의 내용과 같은 학식을 갖추었고, 인물과 능력에 대해 만족할 만한 증명서를 제출하실 수 있으면 다음과 같은 일자리가 있습니다.

학생은 여덟 살 미만의 소녀이며, 봉급은 연 30파운드를 드립니다.

증명서, 이름, 주소, 기타 참고 사항을 다음 주소로 보내주십시오.

― 밀코트 근교, 손필드에서 페어팩스 부인

나는 몇 번이나 반복해서 그 편지를 읽었다. 그리고 짧은 문장 속에서 페어팩스 부인이 어떤 사람인지 알아보려고 노력했다.

'아마 쉰 살 정도의 미망인일지도 몰라. 손필드! 이것은 부인이 살고 있는 저택의 이름일 거야. 이 편지를 보면, 페어팩스 부

인은 침착하고 품위 있는 사람일 것 같아.'

나는 지도를 펴 놓고 그 저택이 어디쯤 있는지를 살폈다. 페어팩스 부인이 살고 있는 곳은 현재 내가 있는 곳보다 런던에서 약 100킬로미터나 더 가까웠다.

조건도 이만하면 괜찮았고, 거리도 괜찮았다.

나는 여러 가지 증명서를 챙겨서 부쳤고, 2주일 뒤에는 가정 교사 자리를 맡아 달라는 편지를 받았다.

나는 8년 전 게이츠헤드를 떠날 때 가지고 왔던 트렁크를 오랜만에 꺼내서 여러 가지 물건을 챙겼고, 검은 외출복을 손질했다. 그리고 상자에 책을 담고 짐을 정리하면서 바쁜 시간을 보냈다.

드디어 로드 학교를 떠나는 날이 하루 앞으로 다가왔다. 설레는 가슴을 지그시 누르며 그동안 정들었던 학교를 구석구석 돌아보고 있는데, 하녀가 다가왔다.

"제인 선생님, 손님이 찾아오셨어요."

나는 짐꾼이 왔을 거라고 생각하며 계단을 내려갔다.

문이 반쯤 열린 거실로 들어서자, 예쁘게 차려입은 젊은 부인이 내 손을 잡으며 반가운 듯 말했다.

"제인 아가씨, 설마 절 잊은 건 아니시죠?"

나는 그 부인을 자세히 훑어보았다. 그리고 그 사람을 알아본 순간 꼭 껴안았다.

"어머, 베시!"

나는 베시와 서로 부둥켜안은 채 한동안 떨어질 줄 몰랐다. 뭐라고 말을 하려고 해도 너무 기쁘고 반가워서 말이 나오지 않았다.

베시의 옆에는 세 살쯤 되어 보이는 꼬마가 서 있었다.

"제인 아가씨, 제 아들이에요."

"아들? 그럼 결혼했단 말이야?"

"네. 5년 전에 마부 로버트 리븐하고 결혼했어요. 이 아이는 보비라고 하고, 딸도 하나 있어요. 그 아이의 이름을 제인이라고 지었어요."

"그럼 이제 게이츠헤드에서 살지 않는 거야?"

"바로 옆의 작은 집에서 살고 있어요."

"그래? 다른 사람들은 어떻게 지내?"

"모두 많이 변하셨어요. 존 도련님은 마님께서 바라시는 대로 지내지를 않는답니다. 주변에서 법학 공부를 하라고 했지만, 그렇게 게으르고 방탕해서야 성공할 것 같지가 않아요."

"많이 변했어?"

"키가 커지셨죠. 잘생겼다고 말하는 사람도 있지만, 입술이 지나치게 두꺼워서……. 그리고 조지애나 아가씨는 사람들이 예쁘다고 칭찬을 많이 해요. 런던에 가서 어떤 귀족과 사랑에 빠지셨는데, 그 귀족의 가족이 결혼을 반대해서 요즘은 우울하게 지내세요."

"리드 외숙모는?"

"겉모습은 살이 찌고 건강해 보이시는데 마음속에는 걱정근심이 많으실 거예요. 아가씨들끼리는 서로 싸우기만 하고, 존 도련님은 그 모양이니……. 아무튼 아가씨, 너무 만나고 싶었어요."

"그런데 리드 외숙모가 보내서 온 거야?"

"아니요. 전 오래전부터 아가씨를 만나고 싶었어요. 먼 데로 가신다는 소문을 듣고, 가시기 전에 만나 보려고 부지런히 왔어요."

"베시, 날 보고 실망했지?"

"아니에요, 제인 아가씨. 그렇지 않아요. 아주 훌륭하게 잘 자라셨어요. 솔직히 어렸을 때부터 그다지 미인은 아니었으니까요."

나는 베시가 허물없이 말을 하자 웃음이 나오면서 마음이 편안해졌다.

"하지만 아가씨는 재주가 많잖아요? 뭘 하시죠? 피아노?"

"조금."

방에 피아노가 있었다. 베시는 피아노 뚜껑을 열더니 한 곡 쳐 달라고 부탁했다.

내가 왈츠를 연주하자, 베시는 황홀한 듯 피아노 연주 소리에 귀를 기울였다.

"리드 집안 아가씨들은 이렇게 잘 치시지 못해요. 그나저나 내일 왔다면 뵙지도 못했겠군요."

"오늘 와 주어서 다행이야. 난 내일 아침에 여길 떠날 예정이 거든."

"그런데 제인 아가씨, 아버지의 친척분 소식을 들은 적 있어 요?"

"친척? 그런 얘긴 들은 적 없어."

"7년 전 어느 날, '에어'라는 성을 가진 신사분이 제인 아가씨 를 만나러 왔어요. 마님이 아가씨가 멀리 떨어진 학교에 가 있 다고 하자, 그분은 몹시 실망한 채로 돌아가셨지요. 외국에 급 히 가셔야 하기 때문에 아가씨를 만나러 갈 수 없다면서 안타까 워하며 돌아가셨어요."

"외국이라니, 어디로 가신다고 그랬어?"

"수천 마일이나 떨어진 섬인데, 포도주가 많이 나오는 곳이 라던가……. 요리사가 그랬어요."

"마데이라?"

"맞아요! 그런 이름이었어요."

"그래? 그런데 난 그런 얘길 들은 적이 없어서……."

나는 베시와 이런저런 이야기를 나누면서, 오랜만에 어릴 적 생각을 하며 즐거운 시간을 보냈다. 그러나 그 즐거움도 잠시였다.

다음 날 아침, 나와 베시는 각자의 길을 떠나야 했다. 마차가 도착하자 베시는 게이츠헤드로 떠났고, 나는 한번도 가 본 적 없는 낯선 땅 밀코트를 향해 출발했다.

새벽 네 시에 출발한 마차가 밀코트에 도착하니 밤 여덟 시가 되어 있었다. 나는 누군가가 마중 나와 있을 것이라고 생각했지만, 나를 기다리는 사람은 아무도 없었다.

나는 할 수 없이 여관에 방 한 칸을 빌린 다음, 어떻게 하면 목적지까지 갈 수 있을까를 생각했다.

'뭐가 잘못된 게 분명해. 괜히 로드 학교를 떠나왔나 봐.'

그런 생각이 들자, 내 가슴은 걷잡을 수 없이 불안해졌다. 나는 곧 종업원을 불렀다.

"이 근처에 손필드라는 곳이 있나요?"

"손필드요? 잘 모르겠는데요. 물어보고 오겠습니다."

종업원은 그렇게 말하고 방을 나갔다가 금방 돌아왔다.

"아가씨, 혹시 에어 양이신가요?"

"네."

"저쪽에서 어떤 분이 기다리십니다."

나는 서둘러 짐을 들고 입구로 나갔다. 한 남자가 문 옆에 서 있었고, 마차가 나를 기다리고 있었다.

"제인 에어 선생님이시죠? 페어팩스 부인께서 보내셨습니다. 기다리시게 해서 죄송합니다. 어서 마차에 오르시지요. 한 시간 반쯤 달리면 손필드 저택에 도착합니다."

내가 마차에 오르자, 마차는 어둠 속을 달리기 시작했다. 그러나 한 시간 반쯤 걸린다던 저택은 울퉁불퉁한 길을 느릿느릿 갔기 때문에 실제로는 두 시간 이상이 걸렸다.

드디어 마차가 큰 저택 앞에 멈췄다. 저택 안으로 들어가니, 활활 타오르는 난로 옆에 비단옷을 입은 우아한 노부인이 앉아 있었다.

노부인은 흰 숄을 두른 깔끔한 옷차림으로 뜨개질을 하고 있었는데, 나를 보자마자 얼른 뜨개질감을 탁자 위로 치우면서 반갑게 맞아 주었다.

"제인 선생님이시죠? 어서 와요. 추운데 오시느라 고생 많았어요. 존은 마차를 너무 천천히 몰거든요."

"페어팩스 부인이신가요?"

"네. 이쪽 불 옆으로 앉으시지요. 짐은 하녀가 선생님 방으로 옮겨 놓을 겁니다."

얼마 뒤, 따끈한 차와 음식이 나왔다.

"제인 선생님, 시장하시죠? 어서 드세요."

"저, 오늘 밤이라도 페어팩스 양을 만나 볼 수 있을까요?"

"어머, 아니에요! 아델은 내 딸이 아니에요. 나는 가족이 없습니다. 나는 이 댁 주인의 먼 친척이지요. 선생님께서 오셔서 얼마나 기쁜지 몰라요."

나는 친절한 페어팩스 부인에게 호감을 느꼈고, 이곳에서의 생활이 기대되었다.

"어머, 벌써 열두 시군요. 오늘은 피곤하실 테니, 어서 방으로 가 쉬세요. 방으로 안내해 드릴게요."

부인은 앞장서서 2층의 잘 정돈된 방으로 나를 안내해 주었다.

가정 교사 생활

다음 날 아침, 눈을 뜬 나는 곧바로 일어나 옷을 갈아입고 아래층으로 내려갔다.

하녀들이 벌써 일어났는지 현관문이 열려 있었다. 나는 소리가 나지 않게 현관문을 지나 숲으로 향했다. 밖으로 나오니, 막 떠오른 태양이 숲과 들을 조용히 비추고 있었다.

숲에서 바라보는 3층 건물인 손필드 저택은 그림같이 아름다웠다. 넓은 잔디밭 너머로는 큰 목장이 있었고, 그 뒤쪽으로 가파르지 않은 비탈길이 보였다.

내가 상쾌한 공기를 가슴 가득히 들이마시며, 새들이 지저귀는 소리에 귀를 기울이고 있을 때였다.

"어머, 제인 선생님. 일찍 일어나셨네요."

페어팩스 부인이었다.

"어떠세요? 손필드가 마음에 드시나요?"

"네, 아주 마음에 들어요."

"그렇죠? 정말 아늑하고 조용한 곳이에요. 하지만 로체스터 씨가 이곳에 계시지 않으니까 점점 어수선해지는 것 같아서 걱정이에요. 자주 들르셨더라면 더욱 마음에 드셨을 텐데……."

"로체스터 씨라니요? 어떤 분을 말씀하시는 건가요?"

"그분이 바로 이 손필드 저택의 주인이세요."

"그럼 제가 가르칠 아델이란 아이는 로체스터 씨의 따님인가요?"

"아니에요. 아델은 로체스터 씨가 부모 대신 키우고 있는 아이입니다. 어머, 저기 유모랑 함께 오는군요."

페어팩스 부인이 가리키는 곳을 보니 7, 8살쯤 되어 보이는 소녀가 잔디밭을 달려오고 있었다. 하얀 피부에 몸은 조금 말랐고, 곱슬곱슬한 머리카락은 숱이 많았다.

"아델, 잘 잤니? 이분은 새로 오신 선생님이야."

부인이 그렇게 말하자, 아델은 옆에 있는 유모에게 프랑스 어로 말하기 시작했다.

유모도 마찬가지로 프랑스 어로 대답했다.

나는 두 사람의 대화에 놀라서 페어팩스 부인에게 물었다.

"두 사람은 프랑스 사람인가요?"

"네. 유모는 프랑스 사람이에요. 아델도 그곳에서 태어났고요. 아직 영어가 서툴러서 프랑스 어를 섞어 쓰기 때문에 저는 아델의 말을 잘 알아듣지 못해요. 하지만 선생님은 프랑스 어도 하시니까 알아들으시겠죠?"

페어팩스 부인의 말을 들은 다음 내가 아델에게 프랑스 어로 말을 걸자, 그 아이는 내가 프랑스 어를 한다는 사실 자체만으로도 기뻐했다.

부인은 나한테 아델의 부모님에 대해 물어봐 달라고 했다. 아델은 이렇게 대답했다.

"우리 엄마는 춤도 잘 추고, 노래도 잘 불렀는데 하늘나라로 가 버렸어. 그래서 예전부터 잘 알고 지내던 로체스터 아저씨가 함께 영국으로 가지 않겠냐고 해서 여기에 온 거야."

나는 아델의 이야기를 들으면서, 로체스터라는 사람이 어떤 사람인지 궁금해졌다.

'왜 이 아이를 아빠 대신 키우면서 나 같은 가정 교사를 고용하는 것일까?'

그날부터 나는 아델에게 공부를 가르치기 시작했는데, 이 소녀는 규칙적인 생활에는 익숙하지 않은 듯 책상에 바르게 앉는 것을 싫어했고, 공부도 그다지 좋아하지 않았다.

나는 갑자기 무리하게 시키면 좋지 않을 것 같아서 조금씩 가르쳐 나가기로 마음먹고, 첫날의 공부는 간단히 끝마쳤다.

아침 식사 뒤, 페어팩스 부인은 나에게 저택의 여러 방을 비롯하여 이곳저곳을 구경시켜 주었다.

보라색 의자와 커튼, 두꺼운 터키 카펫, 스테인드글라스를 충분히 넣은 아름답고 커다란 창문……. 나는 지금까지 이렇게 근사하고 품위 있는 방을 본 적이 없었다.

"아주 아름다운 방이군요."

"네."

다음으로 안내받은 거실은 꿈속에서나 볼 수 있을 만큼 아름다웠고, 그 안에 딸려 있는 작은 방에는 여러 빛깔로 꽃을 수놓은 예쁜 카펫이 깔려 있었다. 어느 방이나 티끌 하나 없이 깔끔했다.

"이 방은 로체스터 씨의 방이에요. 로체스터 씨는 예고 없이 불쑥불쑥 나타나시기 때문에 항상 청소를 해 두어야 해요."

"로체스터 씨는 성격이 매우 까다로운 분이신가 보군요."

"아니, 그렇지 않아요. 하지만 신사다운 취향을 지니고 있으니까 모든 일이 거기에 맞게 갖춰지기를 바라지요."

"모두들 그분을 좋아하나요?"

"그럼요. 로체스터 일가는 이곳에서 옛날부터 존경을 받아왔지요. 이 지방에 있는 대부분의 땅이 로체스터 씨 소유랍니다."

"그래요? 땅 문제 말고, 사람 됨됨이만을 가지고 볼 때도 그분은 존경받고 계신가요?"

"그분을 싫어할 이유가 없지요. 다른 소작인들도 그분을 마음씨가 너그러운 지주라고 생각한답니다."

"어딘가 특이한 점은 없으세요? 쉽게 말해서 성격 같은 것 말이에요."

"아, 성격은 나무랄 데가 없으시지요. 좀 유난한 면은 있지만."

"어떤 면에서 유난하신가요?"

"글쎄, 뭐라고 말하기는 어렵지만……. 그분 말씀을 듣고 있노라면 그런 것을 느끼게 되지요. 농담을 하시는지 진담을 하시는지, 또는 기분이 좋은지 나쁜지 도무지 짐작할 수가 없답니다. 그러나 그런 건 그리 대수로운 일이 아니지요. 그분은 아주 훌륭한 주인이시니까요."

부인은 이야기를 하면서 나를 3층으로 안내했다. 3층에도 방이 많았는데, 대부분이 어두컴컴하고 천장도 낮아 마치 귀신이라도 튀어나올 것 같았다.

그런데 갑자기 복도 끝에 있는 방에서 기분 나쁜 웃음소리가 들려왔다.

　"저 소리는 뭐죠?"

　"하녀예요. 아마 그레이스 풀일 겁니다. 바느질을 하면서 다른 하녀와 떠드는 것일 거예요."

　페어팩스 부인이 침착하게 대답하는 중에 그 방문이 열렸다. 그 방에서 빨간 머리에 몸집이 크고 우악스러워 보이는 중년 여자가 나타났다.

　"그레이스, 조금 시끄럽군요."

　페어팩스 부인이 주의를 주자, 그 여자는 잠자코 고개를 숙이더니 다시 방 안으로 들어가 버렸다. 나는 조금 이상한 생각이 들었지만 더 묻지는 않았다. 그러나 오랫동안 내 귀에서 그 이상한 웃음소리가 사라지지 않았다.

　손필드 저택의 생활은 마음에 들었고 순조로웠다.

　페어팩스 부인은 교양 있고 친절했으며, 아델도 나를 잘 따랐다. 다른 하녀들도 모두 친절해서 나는 편안한 마음으로 손필드에서 생활할 수 있었다.

　그리고 그곳에서 새해를 맞이하게 되었다.

　1월의 어느 날 오후, 아델이 감기에 걸려 공부를 쉬게 되었다.

　아침부터 방에만 있는 것이 지루했던 나는 마침 부인이 부쳐야 할 편지를 놓아둔 것을 발견하고는, 우체통에 대신 넣어 준다는 구실로 산책을 나섰다.

나는 부인의 편지를 들고 아무도 없는 시골길을 혼자 걸었다. 교회 옆을 지나갈 때 저녁 종이 울렸고 주위가 어둑해졌다.

나는 발걸음을 빨리하여 언덕길을 올라가 서둘러서 우체통이 있는 곳으로 향했다.

어느새 손필드에서 1마일쯤 떨어진 오솔길까지 온 나는 들판으로 내려가는 층계에 걸터앉았다. 몹시 추운 날씨였지만 외투로 몸을 감싸고 웅크리고 있었기 때문에 그다지 추위가 느껴지지는 않았다.

어디선가 물 흐르는 소리도 들렸는데, 그 소리가 어느 골짜기 또는 어느 시내에서 들려오는 것인지 가려낼 수가 없었다.

그때 갑자기 거친 소음이 먼 곳에서 들려왔다. 그 소음은 달콤한 물결의 속삭임과 바람 소리를 흩어 놓았다. 그것은 힘차게 울리는 금속성의 소리였는데, 부드러운 파도 같은 주위의 음향을 모두 지워 버렸다.

곧이어 요란한 말발굽 소리가 가까운 둑길에서 들려왔다. 말한 마리가 달려오고 있었다. 길이 꾸불꾸불했기 때문에 아직 모습은 볼 수 없었다.

나는 그때 막 층계에서 일어나려던 참이었는데, 길이 좁기 때문에 말이 먼저 지나가게 하려고 기다리고 있었다.

그때 갑자기 큰 개가 쏜살같이 달려왔고 뒤이어 말을 탄 사람이 바람처럼 지나갔다.

나는 잠시 뒤에 걷기 시작했는데, 갑자기 뒤에서 '쿵'하고 넘어지는 소리와 함께 사람의 신음 소리가 들려왔다.

"어이쿠! 이게 웬일이람."

뒤를 돌아보니 말을 타고 가던 사람이 말에서 떨어졌는지 쓰러져 있었다.

나는 그 사람 곁으로 다가갔다.

"제가 좀 도와드릴까요? 어디 다친 데는 없으세요?"

"괜찮소."

남자는 안간힘을 쓰며 일어섰다. 그러나 남자는 또다시 쓰러지고 말았다. 그러면서도 나를 향해 어서 가라고 손짓을 했다.

나는 시키는 대로 했다. 잠시 뒤에 말이 일어나자, 남자는 다친 곳을 살펴보려는 듯 허리를 굽혀 발목과 무릎을 어루만졌다. 아무래도 몹시 아픈 것 같았다.

"도움이 필요하시다면 사람을 불러다 드리겠습니다."

"고맙소. 하지만 걸을 수 있을 것 같소. 발을 약간 삐었을 뿐이오."

달이 차차 밝아지자, 그의 모습이 좀 더 또렷하게 보였다. 자세히 볼 수는 없었지만 무뚝뚝한 인상을 가진 남자였다.

그의 짜증 내는 표정과 거친 행동은 오히려 내 마음을 가볍게 해 주었다. 그래서 그가 그만 돌아가 달라고 손짓을 했을 때도 나는 꼼짝 않고 서서 말했다.

"당신이 말에 탈 수 있을 때까지 여기 있겠어요. 이렇게 늦은 시간에 이런 외딴길에서 다친 사람을 모른 척하고 그냥 갈 수는 없어요."

"가야 할 사람은 바로 당신이오. 날이 어두워지기 시작하는데, 아가씨가 혼자서……. 집이 이 근처입니까?"

"네, 저 밑에 살아요. 저는 지금 편지를 부치러 가는 중이었고요."

"이 밑에 산다고요? 설마 저 흉벽이 있는 집은 아니겠죠?"

그는 손필드 저택을 가리키며 말했다.

"맞아요. 바로 저 집이에요."

"거긴 누구 집이오?"

"로체스터 씨 댁이에요."

"로체스터 씨를 알고 있소?"

"아니요. 아직 본 적이 없어요."

"그럼 그 사람은 저 집에서 살지 않는 모양이군."

"그래요."

"당신은 그 저택에서 무엇을 하고 있습니까? 하녀는 아닌 것 같고……."

그는 잠시 말을 끊고 검소한 내 옷차림을 훑어보았다. 그는 내 신분이 무엇인지 알 수 없어 머뭇거리는 것 같았다.

"가정 교사예요."

"그렇군요."

그는 그렇게 말하고 말이 있는 곳으로 걸어가려고 했다. 하지만 한두 걸음 걷다가 괴로운 듯 얼굴을 찡그리며 내게 부탁했다.

"사람을 불러다 줄 것까지는 없고, 괜찮다면 좀 도와주시겠소?"

"네, 그러지요."

"말고삐를 내게로 좀 끌어다 주시오. 무섭지는 않겠지요?"

결국 그 남자는 내 어깨를 짚고서야 말에 오를 수 있었다.

"고맙소. 편지를 부치고 빨리 집으로 돌아가시오. 자, 가자. 파일럿!"

그는 말에 올라타자 내게 고맙다는 인사를 한 후, 채찍으로 말을 재촉하여 뒤를 따르는 개와 함께 달려갔다. 나는 그 뒷모습을 잠깐 바라보다가 다시 부지런히 걷기 시작했다.

나는 편지를 부친 후 손필드 저택으로 돌아왔다.

그런데 집 앞에서 남자와 같이 있던 개를 발견했다.

이상하게 생각되어, 마침 지나가는 하녀에게 물어보았다.

"이 개는 어디서 왔지요?"

"주인어른이 데리고 오신 거랍니다. 파일럿이라고 하죠."

"누가 데리고 왔다고요?"

"로체스터 씨 말이에요. 조금 전에 오셨답니다."

"아, 그래요? 페어팩스 부인은 어디 가셨나요?"

"식당에 로체스터 씨와 함께 계세요. 아델 아가씨도요. 그리고 존은 의사를 부르러 갔어요. 주인어른께서 오시는 길에 사고를 당하셨대요. 말이 둑길에서 굴러 주인어른이 발을 다치셨나봐요."

"말이 넘어지다니, 헤이 오솔길에서요?"

"네, 언덕을 내려오시다가 얼음에 미끄러지신 것 같아요."

'그분이 로체스터 씨였다니……'

내 가슴이 두근두근 뛰기 시작했다.

비밀이 느껴지는 저택

다음 날 오후, 나는 로체스터 씨와 정식으로 만나게 되었다.

"로체스터 씨가 오늘 저녁엔 응접실에서 차를 마시고 싶다고 하셨어요."

"몇 시에요?"

"6시에요. 이곳에 계실 때는 늘 일찍 주무시고 일찍 일어나시니까요. 어서 옷을 갈아입으세요."

"꼭 옷을 갈아입어야 하나요?"

"네, 그러는 게 좋을 것 같군요. 저도 로체스터 씨가 이곳에 머무르시는 동안엔 옷을 단정히 입고 있답니다."

나는 왠지 시험을 치르러 가는 것 같은 기분이 들어서 무척 긴장이 되었다.

페어팩스 부인의 뒤를 따라 식당 건너편의 내실로 들어가니 불길이 활활 타오르는 난로 옆에 파일럿이 누워 있었고, 그 옆에는 아델이 앉아 있었다.

로체스터 씨는 침대에 반쯤 누워 쿠션에 한쪽 발을 올려놓은 채 아델과 파일럿을 번갈아 바라보고 있었는데, 난로 불빛에 그의 굵고 새까만 눈썹과 각진 이마가 빛나 보였다.

그는 어제 오솔길에서 만났던 그 남자가 틀림없었다.

"에어 선생님을 모시고 왔습니다."

늘 그렇듯이, 페어팩스 부인이 조용한 태도로 말했다.

로체스터 씨는 고개를 끄덕였으나 여전히 파일럿과 아델만 쳐다보고 있었다.

"자리에 앉도록 하시오."

로체스터 씨는 무뚝뚝하게 말했다.

나는 약간 고개를 숙여 보이고 자리에 앉았다.

"여기 차를 좀 가져다주시오."

부인은 벨을 눌러 차가 준비된 쟁반을 가져오게 하고는, 쟁반이 들어오자 익숙한 솜씨로 탁자 위에 찻잔과 스푼 등을 늘어놓았다.

"에어 선생, 로체스터 씨에게 찻잔을 좀 날라다 주지 않으시려오?"

페어팩스 부인의 말에 따라 나는 로체스터 씨에게 찻잔을 가져다주었다.

그가 찻잔을 받아 들자, 아델은 좋은 기회라고 여긴 듯 재빨리 말을 꺼냈다.

"아저씨, 저 작은 가방 속에 에어 선생님께 드릴 선물도 있죠?"

"누가 선물 얘기를 해?"

그는 좀 화난 듯한 목소리로 말했다.

"에어 선생, 선물을 기대하고 계셨소?"

좀 어둡고 화난 듯한 눈으로 그가 내 얼굴을 훑어보았다.

"글쎄요, 흔히 선물을 즐거운 것이라고 하더군요. 하지만 전그런 경험이 없어서 잘 모르겠습니다."

"다른 사람들이 그렇게 생각하는 것 같다고? 내가 질문하는건 당신이 어떻게 생각하고 있는가 하는 것이오."

"선물에는 여러 가지 의미가 포함되어 있을 테니까, 생각을좀 해 봐야 할 것 같군요."

"에어 선생, 당신은 아델같이 순진한 어린애와는 아주 다르군요. 그 애는 나를 만나자마자 선물을 달라고 성화를 부리는데, 당신은 슬슬 돌려서 말을 하니 말이오."

"그건 제가 선물을 받을 자격이 없으니까 그렇겠죠. 아델은 지금까지의 습관으로 보아 선물을 기대할 수가 있지만, 저는 선생님과 초면이고 또 그럴 만한 일도 하지 않았으니까요."

"지나칠 정도로 겸손하군요! 내가 아델을 테스트해 보니, 당신이 이 아이 때문에 많은 노력을 했다는 것을 알 수 있었소. 아델이 전보다 많이 똑똑해졌더군요."

"아, 선생님께선 이제야말로 제게 선물을 주셨군요. 학생이 똑똑해졌다는 칭찬이야말로 선생으로선 더할 나위 없는 선물이지요."

"으흠!"

로체스터 씨는 수긍했다는 듯이 짧은 대답을 한 후 말없이 차만 마셨다.

페어팩스 부인이 찻잔을 담은 쟁반을 내다 놓은 다음 뜨개질감을 가지고 와서 자리에 앉자, 로체스터 씨가 말했다.

"난로 가까이로 오시오."

아델이 내 손을 끌고 예쁜 책이며 탁자 위에 있는 장식품 등을 자랑하고 있었지만, 나는 그것이 반드시 지켜야 할 의무라도 되는 것처럼 로체스터 씨가 지시한 대로 움직였다.

아델이 내 무릎 위에 앉고 싶어 했지만, 나는 파일럿과 함께 놀라고 말했다.

"이 집에 오신 지 얼마나 됐소?"

"석 달 됐어요."

"여기 오기 전엔 어디 계셨소?"

"로드 학원에 있었습니다."

"아아, 거기……. 그곳에선 얼마나 계셨소?"

"8년입니다."

"8년이나? 당신은 참을성이 강한 모양이군요. 그런 곳에선 일 년도 견디는 것이 힘들 텐데. 당신의 얼굴빛이 왠지 일반 사람 같지 않다고 느껴지는 것도 무리는 아니었군요. 어젯밤 오솔길에서 만났을 때, 나는 문득 요정 이야기가 머리에 떠올랐소. 혹시 당신이 내 말에 마법을 건 것은 아닌가 물어보려 했었소. 지금도 어쩐지 미심쩍은 생각이 들기는 하지만. 그래, 부모님은 어떤 분이오?"

"두 분 다 돌아가셨어요."

"두 분에 대한 기억이 있소?"

"아니, 전혀……."

"그럼 형제나 친척은 있겠지요?"

"아무도 없어요."

"그럼 집은?"

"집도 없어요."

"그렇다면 이곳엔 누구 소개로 오게 되었소?"

"신문에 광고를 냈습니다. 그랬더니 페어팩스 부인이 답장을 보내셨더군요."

"그랬어요. 저는 이분을 고르게 해 주신 하느님께 감사하고 있답니다. 에어 선생은 제겐 소중한 친구이고, 아델 아가씨에겐 더없이 친절하고 자상한 선생님이십니다."

옆에서 페어팩스 부인이 거들었다.

"일부러 선생을 치켜세우지 않아도 잘 알아요. 나는 남이 칭찬하는 소리를 들어도 흔들리지 않고, 내 스스로 판단하니까. 하지만 선생은 첫인사로 내 말을 쓰러뜨렸단 말이오."

로체스터 씨가 페어팩스 부인의 말을 자르며 단호하게 말했다.

"뭐라고요, 주인어른?"

페어팩스 부인이 깜짝 놀란 모양이었다.

"에어 선생, 도시에서 살아 본 일이 있소?"

로체스터 씨가 다시 물었다.

"아뇨."

"사교장엔 많이 가 보셨소?"

"전혀! 제가 아는 사람들이라곤 로드의 학생들과 선생님들 그리고 이곳 손필드의 가족들뿐입니다."

"로드 학교에 들어간 것은 몇 살 때였소?"

"열 살 때였어요."

"그때부터 8년 동안 거기에 있었다면, 지금 열여덟 살이겠군."

나는 고개만 끄덕거렸다.

"산수란 편리한 거로군. 이게 없었다면 난 당신의 나이를 맞힐 수 없었을 거요. 당신처럼 용모와 표정이 몹시 다른 사람의 나이를 알아맞히기란 쉬운 일이 아니거든요. 그래, 로드 학교에선 뭘 배웠소? 피아노는 칠 수 있소?"

"네, 조금."

"물론 그렇게 대답할 줄 알았소. 서재로 가시오. 아니, 가 주십시오. 내 명령조의 말투를 이해해 주시오. 나는 늘 이래라저래라 해 왔기 때문에 그 버릇을 버리는 것이 쉽지 않아요. 그럼 서재에 촛불을 들고 가서 방문을 열어 놓고 한 곡 연주해 보시오."

나는 혼자 서재로 가서 피아노를 쳤다.

"이젠 됐소!"

2, 3분이 지나자 그가 큰 소리로 말했다.

나는 피아노 뚜껑을 닫고 되돌아와 앉았다.

로체스터 씨는 말을 계속했다.

"오늘 아침에 아델이 그림 몇 장을 보여 주던데, 그게 모두 당신이 그린 거라면서요? 다른 선생의 도움을 받은 것이오?"

"아닙니다. 직접 보시고 판단하세요."

나는 공부방에 가서 화첩을 가져왔다. 로체스터 씨는 찬찬히 그 그림들을 들여다보았다.

"도대체 언제 그림을 그릴 시간이 있었소? 이 그림들을 완성하는 데는 시간도 많이 걸렸을 것이고, 머리도 써야 했을 텐데."

"로드에서 보낸 마지막 방학 때 그렸어요. 달리 할 일도 없었으니까요."

로체스터 씨는 그 그림들을 한참 동안 바라보고 또 바라보았다.

"이 그림들을 그릴 때 선생은 즐거웠소?"

"네, 즐겁고 행복했어요. 그림에 몰두했었지요. 그림을 그린다는 것 자체가 일찍이 경험해 보지 못한 환희를 맛보게 해 주었으니까요."

그가 그림을 치우라고 해서 나는 화첩을 닫고 끈으로 묶었다.

"음, 벌써 9시군. 이 시간까지 아델을 저렇게 둬도 괜찮소? 빨리 재우시오!"

아델은 방을 나가기 전에 그에게 키스를 했다. 그러나 로체스터 씨는 키스를 억지로 받는 듯했다.

"자, 모두들 가서 편히 쉬시오."

로체스터 씨가 문 쪽을 가리키며 말했다. 페어팩스 부인은 뜨개질감을 치웠고, 나는 화첩을 들었다. 그리고 방에서 나왔다.

나는 아델을 재우고 난 뒤 페어팩스 부인의 방으로 건너갔다.

"로체스터 씨는 상당히 무뚝뚝한 분 같아요."

"그래요? 그렇지만 인정이 흘러넘치는 분이에요. 괴팍스러운 면이 있어도 이해해 주세요. 어렸을 때부터 여러 가지 복잡한 집안일을 겪다 보니 좀 괴팍해진 것 같아요. 또 그분을 늘 괴롭히는 고민거리도 있었고요."

"고민이오?"

"가정불화였지요."

"하지만 그분에게는 가정이 없잖아요?"

"지금은 없지만, 예전에는 형님이 한 분 계셨어요. 그 형님이 몇 년 전에 돌아가셨답니다."

"형님이오?"

"네. 로체스터 씨는 재산을 상속받은 지가 9년밖에 안 됐어요."

"9년이오? 9년이라면 그래도 긴 세월이에요. 로체스터 씨는 형님을 그토록 사랑하셨나요? 지금까지 잊지 못할 만큼……?"

"형은 로체스터 씨처럼 좋은 분이 아니었어요. 아버지의 재산을 자기 혼자 차지하려고 아버지가 로체스터 씨를 미워하게 만들었답니다. 로체스터 씨도 그렇게 마음이 너그러운 편이 아니고, 이런저런 일로 마음이 잡히지 않는지 가족과 인연을 끊고 벌써 여러 해 동안 방랑 생활을 하고 계시지요. 형님 되시는 분이 유언도 없이 돌아가시자, 이 영지의 주인이 되셨어요. 그러나 제가 알기로는 새 영주님이 되신 후에도 이 손필드에서 2주일 이상 계속해서 머무른 일이 없어요. 아마 이 오래된 저택을 좋아하지 않나 봐요."

"어째서 싫어할까요?"

"아마 우울한 생각이 들어서겠지요."

그러나 페어팩스 부인의 대답은 그리 정확한 것 같지 않았다. 나는 좀 더 확실한 것을 알고 싶었지만, 그녀는 자기가 알고 있는 것은 이것뿐이라며 입을 다물었다.

페어팩스 부인이 이야기를 더 끄집어내는 것을 두려워하는 눈치였기에 나는 더 이상 묻지 않았다.

그 뒤 며칠 동안, 나는 로체스터 씨를 만나지 못했다. 오전 중에는 사무 처리로 몹시 바빠 보였고, 오후에는 손님들이 방문하여 늦게까지 머물러 있는 경우가 많았다.

그러는 동안에는 아델도 그에게 불려 가는 일이 없었고, 나도 가끔 층계나 복도 등에서 우연히 부딪칠 뿐이었다. 그런 경우에도 그는 서먹하게 고개만 끄덕이거나 냉랭한 눈으로 힐끗 쳐다볼 뿐 오만하고 냉담하게 지나치기 일쑤였다.

로체스터 씨의 변덕스런 성질에 대해서 내가 화를 내거나 관심을 가질 이유는 전혀 없었다. 나에게는 그런 주인의 변덕 같은 건 아무래도 좋았다.

그러던 어느 날, 나는 정원에서 파일럿과 놀고 있는 아델을 지켜보고 있었는데, 로체스터 씨가 다가오더니 함께 산책을 하자고 말했다.

나는 대답 대신 고개를 끄덕였고, 산책하는 동안 로체스터 씨는 아델에 관한 이야기를 들려주었다.

"에어 선생, 당신은 당신의 학생에 관해서 알고 싶지 않소? 내가 왜 그 아이를 맡아서 키우고 있는지를…….. 아델은 내 딸이 아닌, 프랑스에서 우연히 알게 된 오페라 무용수 셀린 바랭의 딸이라오. 나는 그녀를 사랑했지만, 그녀는 다른 남자를 사랑했소. 그런데 어느 날 그녀가 세상을 떠났고, 그 바람에 이 아이는 고아가 되었소. 어린 것이 혼자 살아갈 것을 생각하니 걱정되고 가여워서 내가 이곳으로 데려온 것이오. 에어 선생, 이런 이야기를 들어도 저 아이의 가정 교사를 계속하고 싶소?"

"네, 전 아델을 좋아합니다. 어머니는 돌아가셨고, 당신도 진짜 아버지가 아니라면 아델도 저와 같은 고아로군요. 그러니까 더 정이 가고 잘 돌봐 주고 싶어요."

"아, 당신은 이 문제를 그렇게 생각하는군. 자, 이제 그만 들어갑시다."

그날 저녁, 나에 대한 주인의 태도가 차츰 변하고 있다는 생각이 들었다.

로체스터 씨는 더 이상 처음처럼 차가운 시선과 거만한 태도로 나를 대하지 않았다. 먼저 말을 건네기도 했고, 미소를 지어 보일 때도 있었다. 나는 그것을 나에 대한 신뢰라고 여겼고, 내 사려 깊음에 대한 칭찬이라고 생각했다. 나는 그걸 그대로 받아들이기로 했다.

그의 느긋하고 차분한 태도는 나를 견디기 힘든 긴장감에서 벗어나게 해 주었다.

그가 진심이 담겼을 뿐만 아니라 예의 바르고 우정에 가득 찬 솔직함으로 나를 대하자, 그 모든 것이 매력적으로 느껴졌다. 때로는 그가 마치 내 주인이라기보다는 오히려 친척인 것처럼 느껴지기도 했다.

하지만 역시 때때로 거드름을 피울 때가 있었는데, 나는 그것이 그의 습관임을 알고 있었으므로 그런 것에는 크게 신경을 쓰지 않았다.

나는 이런 생활에 흥미를 갖게 되었을 뿐만 아니라, 매우 만

족스럽고 기쁜 마음에 친척들 생각도 잊어버리고 있었다. 초승
달 같은 내 운명도 점점 좋아지는 것 같았다.

이런저런 생각에 잠을 못 이루다가 언제인지 모르게 잠든 나
는 웅얼웅얼하는 소리에 잠을 깼다. 그 소리는 꼭 내 머리맡에
서 들리는 것 같았다.

나는 자리에서 일어나 앉았지만, 그야말로 캄캄한 밤중이라
아무것도 보이지 않았다.

침대에 앉은 채로 귀를 기울였으나 아무 소리도 들리지 않아
다시 잠을 청하려 했다. 하지만 마음이 불안해서인지 쉽게 잠이
오지 않았다.

시계가 2시를 알렸는데, 그 순간 누군가가 내 몸을 더듬는 듯
한 기분이 느껴졌다. 온몸에 소름이 쫙 끼치는 것을 느끼며 떨
리는 목소리로 외쳤다.

"누구세요?"

내가 말을 걸어 보았지만 밖에서는 아무런 대답이 없었다. 나
는 무서워서 온몸이 얼어붙는 것 같았다.

나는 그것이 파일럿일지도 모른다고 생각했다. 그 개는 부엌
문이 열려 있거나 하면 로체스터 씨의 침실 입구까지 더듬어 오
곤 했고, 그곳에서 엎드려 자고 있는 것을 아침에 몇 번 본 적이
있었다.

그런 생각이 들자 나는 얼마간 안정을 되찾고 자리에 다시 누웠다. 정적이 신경을 안정시키자, 잠이 다시 찾아오는 것 같았다.

그런데 그때 별안간 기분 나쁘고 음침한 악마 같은 웃음소리가 고요한 집 안에 울려 퍼졌다.

낮게, 잇몸 사이로 새어 나오는 듯한, 깊은 곳에서 들리는 듯한 소리였는데, 내 침실 문의 열쇠 구멍에서 들려오는 것 같았다.

그 웃음소리가 마치 내 침대 옆에서 들리는 듯해서, 일어나 살펴보았지만 아무것도 보이지 않았다. 괴상한 소리는 다시 되풀이되었고, 난 그 소리가 방문 밖에서 들려오는 것임을 알았다.

내가 최초로 보인 반사적인 행동은 침대에서 내려가 문에 고리를 채우는 일이었다.

"누구세요? 거기 누구 있나요?"

나는 조심스럽게 묻다가, 침대에서 벌떡 일어나며 소리를 질렀다.

누군가가 신음 소리를 낮게 내면서 3층 계단 쪽으로 걸어가는 발소리가 들렸기 때문이었다.

이어서 층계로 올라가는 문이 열렸다 닫히는 소리가 났다. 그러고는 다시 사방이 조용해졌다.

나는 무서움에 더 이상 혼자 방에 있을 수가 없었다. 그래서 페어팩스 부인의 방으로 가려고 재빨리 옷을 걸친 다음 허둥지

등 방문을 열었다.

그런데 이게 무슨 일인지, 복도가 연기로 가득 차 있었고 무언가가 타는 독한 냄새가 진동하는 것이었다.

나는 연기가 어디에서 나오는 것인지를 알아보려고 여기저기 둘러보았다. 연기는 로체스터 씨 방에서 나오고 있었다.

나는 무서움도 잊은 채 반쯤 열려 있는 문을 밀치고 방 안으로 뛰어 들어갔다. 불길이 활활 타오르며 침대를 덮치고 있었다. 그 속에서 로체스터 씨는 깊이 잠든 것 같았다.

"로체스터 씨, 일어나세요. 어서요!"

내가 소리쳤지만 로체스터 씨는 꼼짝도 하지 않은 채 뭐라고 중얼거리면서 돌아누웠다.

나는 불을 먼저 꺼야겠다고 생각하고, 마침 옆에 있던 대야와 주전자에 담긴 물을 침대에 끼얹었다. 다행히 불이 꺼졌다.

물 주전자 소리와 내가 퍼부은 물벼락 덕분에 로체스터 씨가 잠에서 깨어나 소리쳤다.

"아니, 침대가 몽땅 젖었잖아!"

"일어나 보세요. 불이 났어요. 지금 겨우 불을 껐는데, 조금만 늦었더라면 불바다가 되었을 거예요."

"에어 선생이 아니오? 도대체 무슨 말을 하는 거요? 나를 물에 빠져 죽게 만들려고 했나?"

"어서 일어나시기나 하세요. 촛불을 갖다 드릴 테니……. 누군가 무슨 흉계를 꾸민 것 같아요. 누가 왜 이런 짓을 했는지 빨리 알아보세요."

"자, 일어났소. 하지만 걸칠 것을 찾을 때까지는 촛불을 가져오지 말아요. 마른 옷이 어디 있을 텐데. 참, 가운이 있었지. 어서 촛불을 가져와요."

나는 복도에 켜져 있는 촛불을 들고 왔다. 그제야 새카맣게 탄 침대며, 양탄자, 커튼이 보였다. 시트와 카펫은 흠뻑 젖어 있었다.

로체스터 씨는 그제야 내 말을 알아들은 듯했다.

"이게 무슨 일이지? 누가 한 짓이야?"

로체스터 씨가 물었다.

나는 복도에서 기분 나쁜 웃음소리를 들은 일이며, 누군가 3층 계단으로 올라간 것 같다는 것, 문을 열어 보니 로체스터 씨의 방에서 연기가 새어 나오고 있었던 것 등에 대해 간단히 설명했다.

내 얘기를 듣는 로체스터 씨의 표정은 무척 심각했고, 심하게 일그러져 있었다.

내가 이야기를 끝냈을 때에도 그는 아무 말도 하려고 들지 않았다.

"가서 페어팩스 부인을 불러올까요?"

"누구요? 페어팩스 부인을 왜 불러온다는 거요? 필요 없소. 귀찮게 하지 말고, 그대로 자게 내버려 두어요."

"그러면 하인이라도 불러올까요?"

"아니, 다 필요 없소. 그냥 이대로 있으면 되오. 내가 잠깐 3층에 갔다 올 테니, 당신은 꼼짝 말고 여기 있어요. 아무도 부르지 말고."

한참 후, 로체스터 씨는 창백하고 침울한 표정으로 돌아왔다.

"내가 생각한 대로였어."

"누가 그랬어요?"

그는 잠자코 마룻바닥만 내려다보고 서 있었다. 잠시 뒤, 그가 꺼림칙한 말투로 물었다.

"당신이 방문을 열었을 때 혹시 무엇을 보았는지 물어본다는 것을 잊고 있었소. 무엇을 보았소?"

"마룻바닥에 있는 초밖에 보지 못했어요."

"기분 나쁜 웃음소리도 들었다고 했잖소. 혹시 전에도 비슷한 웃음소리를 들은 일이 있소?"

"네, 들은 일이 있어요. 재봉 일을 한다는 그레이스 풀이라는 여자가 그렇게 웃었어요."

"그래, 그대로예요. 당신이 생각한 대로 그레이스 풀이오. 그 여자는 정말 이상해. 하지만 오늘 밤 일은 아무에게도 말하지 말아요. 침대가 이렇게 젖은 이유는 내가 잘 설명할 테니까. 벌써 새벽 네 시군. 그만 돌아가서 자요. 나는 서재 의자에서 자겠소."

"네. 그럼, 안녕히 주무세요."

나는 나가려고 문을 향해 돌아섰다. 그때였다.

"아니, 제인. 그렇다고 벌써 가는 거요?"

"가서 자라고 하셨잖아요."

"하지만 작별 인사도 안 하고 감사와 위로의 말도 하지 않았는데, 그렇게 차갑게 돌아가면 되겠소? 제인, 당신은 내 생명의 은인이오. 악수 정도는 하게 해 주시오."

로체스터 씨가 손을 내밀었다. 로체스터 씨는 처음에는 한 손으로 내 손을 잡더니 곧 두 손으로 감싸 쥐었다. 크고 따뜻한 손이었다.

"고맙소. 당신은 언젠가 나를 위해 좋은 일을 해 줄 거라는 예감이 들었소. 당신을 처음 본 순간 당신 눈 속에서 그것을 느꼈다오, 제인."

그 목소리에는 이상한 힘이 담겨 있었다.

"제가 마침 깨어 있어서 정말 다행이었어요."

나는 그렇게 말하고 그 방에서 나가려고 했다.

"아니, 정말로 가려는 거요?"

"추워서요."

"춥다고? 아, 그렇지. 당신도 물에 젖었군. 그럼 가 봐요. 제 인, 잘 자요!"

로체스터 씨가 꼭 잡고 있던 내 손을 놓으며 말했다.

나는 곧바로 내 침대로 돌아왔으나, 로체스터 씨에 대한 생각으로 도저히 잠을 이룰 수가 없었다. 잠을 자기는커녕 새벽이 올 때까지 여러 가지 생각을 하느라고 머리가 빠개질 듯이 아팠다.

나는 흥분해 있었던 터라, 날이 밝자 이내 자리에서 일어났다.

다음 날 아침, 나는 로체스터 씨를 만나고 싶었지만 한편으로는 만나는 것이 두렵기도 했다.

아침을 먹으러 가면서 로체스터 씨의 방을 들여다보니, 모든 것이 전처럼 정돈되어 있었다. 다만 침대 위의 시트와 커튼만이 걷혀 있을 뿐이었다.

어린 하녀가 연기에 새까맣게 그을린 유리를 걸레로 닦고 있었다.

나는 어젯밤 일에 대해서 어떻게 말을 하는지 들어 보려고 방으로 들어갔다.

가까이 가 보니, 방에는 또 한 사람이 있었다. 그는 다름 아닌 그레이스 풀이었다.

그레이스 풀은 침대 수선을 하고 있었는데, 그녀의 태도는 무척 태연해 보였다. 당황한 기색이 전혀 없는 것을 보고, 도리어 나는 어리둥절해져서 그녀를 쳐다보았다.

그러자 그녀가 얼굴을 들며 인사를 했다.

"선생님, 안녕히 주무셨어요?"

그녀는 사무적인 말투로 이렇게 말하고 나서 다시 하던 일에 열중했다.

"그레이스도 잘 잤어요? 그런데 어젯밤에 무슨 일이 있었던 거예요?"

"주인님이 침대에서 책을 읽으시다가 촛불을 켜 놓은 채 잠이 드셨는데, 그만 커튼에 불이 옮겨 붙었대요. 큰일 날 뻔했어요."

그레이스 풀은 어젯밤의 일을 전혀 모른다는 듯이 차분한 표정으로 말했다.

나는 뭔가 이상하고 의심스럽다는 생각이 들었다. 왜 로체스터 씨가 죽을 뻔했는데도 어젯밤의 일을 비밀로 하자고 했는지, 저렇게 위험한 사람을 왜 계속 이 저택에서 일하게 두는지 모를 일이었다. 모든 게 궁금한 것투성이였다.

'이 저택에는 뭔가 비밀이 있는 게 분명해.'

내 머릿속은 복잡해졌다.

'무슨 이유로 주인은 나에게 비밀을 지키라는 걸까?'

그날 하루 내내 나는 로체스터 씨를 만나지 못했다.

그래서 저녁에 하녀가 식당에서 차를 마시라고 부르러 왔을 때, 내 가슴은 마구 뛰었다. 틀림없이 그분을 만날 수 있으리라 생각했기 때문이었다.

하지만 나를 맞아 준 사람은 페어팩스 부인 한 사람뿐이었다.

"제인 선생님, 어서 와요. 밤하늘이 참 예쁘지요? 로체스터 씨는 이런 날씨에 여행을 떠나시는 버릇이 있어요."

"그렇다면 로체스터 씨가 여행을 떠나실 계획인가요?"

"이미 떠나셨는걸요. 여기에서 좀 떨어진 곳에 있는 이슈턴 씨의 저택에 가셨어요. 그곳에서 파티가 열리거든요."

"파티요?"

"네. 한 일주일 정도 머무르실 거예요. 훌륭한 상류층 파티니까 금세 끝나진 않을 거예요. 로체스터 씨가 그래 보여도 여자들에게 은근히 인기가 많거든요."

"여자들도 많이 참석하나 봐요?"

"그럼요. 이슈턴 가의 세 따님과 잉그램 남작의 딸인 블랑시 양도 참석할 겁니다. 블랑시 양은 키가 크고 예쁘게 생겼죠. 언젠가 파티에서 로체스터 씨와 블랑시 아가씨가 이중창을 했는데, 무척 잘 어울렸어요."

"로체스터 씨가 노래도 잘 부르시는 모양이에요?"

"그럼요. 훌륭한 베이스 목소리를 가지셨어요. 음악에도 상당히 조예가 깊으시지요."

"그런데 그 아름다운 블랑시 양은 아직 미혼인가요?"

"네. 가문은 훌륭한데 재산이 그리 많지 않다고 하더군요. 어머, 선생님. 아까부터 아무것도 드시지 않네요? 차만 드시고……. 뭐 좀 드셔야지요."

"아뇨. 지금은 아무것도 먹고 싶지 않습니다. 차 한 잔 더 주시겠어요?"

로체스터 씨가 일주일 동안 예쁜 아가씨들과 지내느라 손필드에 돌아오지 않는다는 말을 듣자, 나는 가슴이 꽉 막혀 아무것도 먹을 수가 없었다.

그 이야기를 들은 이후, 밤이 되어도 좀처럼 잠이 오지 않았다.

예쁘지도 않고 가난한 가정 교사 따위가 귀족이며, 이 큰 저택의 주인인 로체스터 씨에게 마음이 끌리는 것은 당치도 않다고 생각하면서 겨우 마음을 가라앉혔다.

2주일 후, 페어팩스 부인 앞으로 편지가 한 통 배달되어 왔다. 그것은 로체스터 씨에게서 온 편지였다.

마침 식사 중이어서 페어팩스 부인이 편지를 읽고 있는 동안 나는 커피를 마시고 있었다.

"이제 주인어른이 언제쯤 오실지 알 수 있겠군요."

페어팩스 부인이 편지를 읽으며 말했다.

"요즘엔 무척 한가했는데, 이제 무척 바빠지겠군."

나는 그 이유를 묻지 않은 채 이렇게 물었다.

"로체스터 씨는 언제 돌아오신대요?"

"아마 사흘 안에는 돌아오실 거예요. 이번에는 혼자 오시는 게 아니라, 리즈에 사시는 훌륭한 손님들과 함께 오신다는군요. 그래서 집 안을 깨끗이 치워 놓으라고 하셨어요."

지금까지 조용했던 저택은 파티 준비로 눈코 뜰 새 없이 바쁘게 돌아갔다. 그동안 다른 생각을 할 겨를이 없었다.

그레이스 풀도 바쁜 사람들 속에서 돌아다니고 있었다. 그녀는 하루에 한 번은 부엌에 내려와 식사를 하고, 난로 곁에서 담배를 한 대 피우고는 음산한 3층 방으로 흑맥주 한 병을 들고 올라가곤 했다.

그러던 어느 날, 나는 우연히 임시로 고용된 일꾼과 어린 하녀가 그레이스 풀에 대해서 주고받는 이야기를 듣게 되었다.

"아마 저 여자가 이 집에서 월급을 가장 많이 받겠지요?"

일꾼이 고갯짓으로 그레이스 풀을 가리키며 물었다.

"그럼요. 나도 그녀만큼 받으면 좋겠어요. 나는 풀 부인의 5분의 1도 안 돼요."

어린 하녀가 말했다.

"일솜씨도 좋겠지?"

"그럼요. 자기가 해야 할 일을 잘 알고 있죠. 그리고 그 일을 다른 사람이 대신할 수는 없지요. 월급을 아무리 많이 준다고 해도 말이에요."

어린 하녀의 말에는 뭔가 다른 뜻이 들어 있는 것 같았다.

"그야 그렇지! 그런데 암만해도 이상한 것은, 주인어른이⋯⋯."

이때 어린 하녀가 뒤를 돌아보았다. 내가 듣고 있는 것을 눈치채고는 일꾼의 팔꿈치를 툭 쳤다.

"저 사람은 그걸 모르나요?"

일꾼이 넌지시 묻자 어린 하녀가 머리를 저었고, 이야기는 거기에서 끝이 났다.

그들의 이야기를 통해 나는 막연히 어떤 것을 느낄 수 있었다. '이 손필드에는 틀림없이 어떤 비밀이 숨겨져 있어⋯⋯.'

드디어 파티가 시작되는 목요일 오후 여섯 시가 되었다.

모든 준비는 전날 밤에 끝나 있었다. 집 안 구석구석을 깨끗이 정리했고, 곳곳에 꽃을 가득 꽂은 화병을 놓았으며, 가구를 반짝거리게 닦았고, 커튼을 꽃 레이스로 장식했다. 그리고 객실과 침실을 꾸며 두었다.

한가롭고 화창한 봄 날씨였다. 나는 창문을 활짝 열어 놓은 채 공부방에 있었다.

"어째 늦어지시는군요. 벌써 6시가 지났는데……. 혹시나 싶어서 존을 문간에 서 있으라고 했어요."

페어팩스 부인이 들어오며 말했다. 그러면서 부인은 창밖으로 몸을 내밀고 소리쳤다.

"존! 아직도 안 오시나?"

"모두들 오시는군요. 10분 후면 도착하실 것 같습니다."

드디어 화려하게 꾸며진 마차가 줄을 지어 도착하기 시작했다. 눈부시게 차려입은 손님들이 연달아 내렸다.

말을 탄 사람 중 세 번째가 로체스터 씨였다. 그리고 그의 옆에는 한 여자가 뒤따르고 있었다. 그 여자는 보랏빛 승마복을 입고 산들바람에 베일을 나부끼며 달리고 있었다.

"아, 블랑시 아가씨군요."

페어팩스 부인은 이렇게 외치며 급히 아래층으로 뛰어 내려갔다.

아델은 자기도 아래로 내려가게 해 달라고 졸랐으나, 나는 아델을 무릎 위에 앉히면서 부르기 전에는 절대로 숙녀들이 있는 곳에 가지 말 것과, 만일 이 말을 어기면 로체스터 씨가 불같이 화를 낼 것이라고 타일렀다.

내 말을 듣고 아델은 눈물을 흘렸지만, 내가 눈을 조금 흘기니 이내 눈물을 닦았다.

나는 아델에게 여러 가지 이야기를 많이 해 준 다음, 기분 전환을 위해서 복도로 데리고 나갔다. 파티장인 응접실에서 피아노 소리가 들려왔다.

아델과 나는 계단 끝에 같이 앉아서 음악을 들었다.

나는 음악 사이로 흘러나오는 이야기 소리에 한참 동안 귀를 기울이고 있었다. 그리고 어느 순간, 내가 뒤섞여 있는 말소리 속에서 로체스터 씨의 목소리만을 들으려고 애쓴다는 것을 깨달았다.

이튿날도 전날과 다름없이 청명한 날씨였다.

그날 손님들은 근처 어디론가 소풍을 다녀왔다. 나는 그들이 돌아오는 것을 창가에 서서 지켜보았는데, 로체스터 씨는 잉그램 남작의 딸인 블랑시와 나란히 말을 달리고 있었다.

나는 그들을 가리키면서 페어팩스 부인에게 말했다.

"로체스터 씨께선 저분이 마음에 드시나 봐요?"

"그런 것 같군요."

"어떻게 생긴 분인지 얼굴을 좀 더 똑똑히 볼 수 있으면 좋겠어요."

"아마 오늘 저녁엔 볼 수 있을 거예요. 로체스터 씨가 저녁엔

아델과 선생님을 파티장인 응접실로 내려오게 하라고 말씀하
셨으니까요."

"저는 별로 내키지 않는데요. 부인께서도 거기 계시게 되나
요?"

"아니요. 저는 주인어른께 미리 말씀드렸어요. 내려가지 않
겠다고요. 그리고 내가 '에어 선생님은 수줍어서 많은 사람 앞
에 나가려고 하지 않을 겁니다.'라고 로체스터 씨께 말씀드렸어
요. 그랬더니 여느 때와 같이 딱 잘라 말씀하셨어요. '쓸데없는
소리! 만일 안 오겠다고 하면 내가 꼭 오라고 했다고 전하시오.
그래도 오지 않겠다고 거절하면 내가 직접 가서 데려오겠소.'라
고 하시는 거예요."

응접실로 내려갈 시간이 다가오자, 나는 떨리는 가슴을 진정
할 수가 없었다. 아델도 귀부인들을 만나게 되었다는 말을 듣고
는 기뻐서 어쩔 줄 몰라 하면서도 안절부절못했다.

아델은 준비가 끝나자, 얌전한 얼굴로 의자에 앉아 내가 준비
를 마치기를 기다렸다.

나는 템플 선생님의 결혼식 때 입었던 은회색 드레스를 입고
진주 브로치를 달았다.

그리고 아델의 손을 잡고 응접실로 조용히 내려가서 아직 식
당에 있는 일행을 기다렸다.

이윽고 숙녀들과 신사들이 응접실로 들어왔다. 그들은 모두 여덟 사람밖에 되지 않았지만, 함께 몰려왔기 때문인지 더 많은 사람이 북적거리는 것처럼 어수선했다.

여자들은 실내 여기저기 흩어져 있었는데, 모두들 화려하고 예뻤다. 그중에서도 특히 돋보이는 사람은 페어팩스 부인이 말했던 블랑시였다.

블랑시는 예쁜 외모와는 달리 차갑고 거만해 보였는데, 단 한 사람 로체스터 씨에게만은 상냥하게 굴었다.

"여러분, 안녕하세요?"

아델이 귀부인들에게 정중하게 인사를 했다.

그러자 블랑시가 교만한 표정으로 아델을 내려다보며 소리쳤다.

"어머나! 어쩜 귀여운 인형 같아!"

그러자 곁에 있던 다른 부인들이 한마디씩 했다.

"이 아이가 로체스터 씨가 말씀하시던 프랑스 태생의 양녀군요."

"참으로 예쁜 애군요!"

그들은 자기들 곁으로 아델을 불렀다. 그리고 파티가 무르익었지만 나는 어디에도 끼지 못했고, 나에게 와서 말을 시키는 사람도 없었다.

나는 창의 커튼이 늘어진 한쪽에 조용히 앉아서 뜨개질을 했다. 하지만 눈으로는 로체스터 씨를 찾았다. 로체스터 씨는 난로 옆에 혼자 쓸쓸히 서 있었다.

블랑시는 혼자 탁자 앞에 서서 우아한 자세로 앨범을 보고 있었는데, 누군가가 자기에게 말을 걸어 주기를 기다리고 있는 듯했다.

그러나 그리 오래 기다리지 않아도 되었다. 그녀는 스스로 상대를 골랐다.

"로체스터 씨, 저는 당신이 어린아이를 좋아하시지 않는 줄 알고 있었는데요……?"

"네, 별로 좋아하지 않습니다."

"그런데 왜 저 꼭두각시 인형 같은 애를 맡으셨나요? 어디서 얻어 오셨어요?"

"아니, 얻어 온 게 아니라 누가 내게 버리고 갔답니다."

"그렇다면 학교에라도 보내시지 않고……."

"그럴 만한 여유가 있나요? 학교란 건 돈이 꽤 많이 드니까요."

"어머? 저 애를 위해서 가정 교사까지 두셨으면서……. 방금 저 애와 같이 있던 여자를 봤어요. 아니, 그 여자는 벌써 가 버렸나? 학교에 보내 버리면 좋을 텐데요. 비경제적이지 않습니까?"

그 순간, 나는 혹시 방 안의 시선이 온통 내게 쏠릴까 봐 걱정
이 되어서 커튼을 더욱더 잡아끌며 그 속으로 파고들었다. 그러
나 아무도 내가 그곳에 있는 것을 눈치채지 못한 것 같았다.

"그런 일에 대해선 생각해 본 일이 별로 없습니다."

로체스터 씨는 블랑시를 똑바로 쳐다보며 쌀쌀맞게 대답했다.

"남자분들은 경제에 대해서는 거의 신경을 쓰지 않으니까 그
럴 수도 있겠군요. 그런 일이라면 제 어머니의 의견을 들어 보
세요. 우리는 어렸을 때, 아마 가정 교사를 거의 한 다스는 두었
을 거예요. 그러나 한마디로 모두 성가신 사람들이었지요. 안
그래요, 어머니?"

"지금 뭐라고 했니, 얘야?"

잉그램 남작 부인이 무슨 말인지를 알아듣지 못하고 이렇게
묻자, 블랑시는 그 말을 다시 한 번 되풀이했다.

"그 얘긴 하지도 마라. 나는 가정 교사라는 말만 들어도 짜증
이 난다. 그들의 무능력과 변덕에 질려 버렸지. 이제 그런 무책
임한 사람들과 상관없이 살 수 있어서 얼마나 좋은지 몰라."

그러자 옆에 있던 덴트 부인이 그녀의 귀에다 대고 뭐라고 귓
속말을 했다. 아마 가정 교사인 내가 이 방에 있다는 것을 얘기
해 준 모양이었다.

그러자 잉그램 남작 부인은 목소리를 높여서 말했다.

"그렇다면 더욱 잘됐네요. 지금 내가 한 말이 그 사람에게 충고가 되었으면 좋겠는데……."

그러고는 이번에는 목소리를 낮추어서, 그러나 내게도 들릴 만한 소리로 말했다.

"나도 이미 알고 있었어요. 나는 어느 정도 사람을 볼 줄 아는데, 저 사람은 그런 부류의 사람이 가지고 있는 나쁜 점을 모조리 갖고 있군요."

"부인, 그게 어떤 거죠?"

로체스터 씨가 큰 소리로 물었다.

"나중에 말씀드리죠."

부인이 고개를 흔들며 대답했다.

"전 워낙 호기심이 강해서 참을 수가 없군요."

"그렇다면 블랑시에게 물어보세요. 그 애가 더 가까운 데 있으니까요."

"어머, 어머니는 왜 그런 얘기를 저한테 하라고 하세요? 하지만 그런 부류에 관해서 한마디로 말한다면 '귀찮은 존재'라는 것이지요. 그러니까 로체스터 씨도 조심하시고, 가정 교사 같은 건 너무 믿지 않는 것이 좋아요."

블랑시는 이렇게 말하고 나서 우아한 자태를 뽐내려는 듯한 자세로 걸음을 옮겨 피아노 앞에 가서 앉았다.

나는 그녀가 연주를 시작하자 '지금이야말로 이곳에서 살짝 빠져나갈 때'라고 생각했다.

그러나 주위에 울려 퍼지는 로체스터 씨의 노랫소리가 나를 도로 그 자리에 붙들어 앉히고 말았다.

잠시 뒤 그의 노래가 끝나자, 그제야 나는 옆문으로 해서 방을 빠져나왔다.

좁다란 복도를 지날 때야 비로소 나는 샌들 끈이 풀어져 있는 것을 발견했다. 나는 샌들 끈을 고쳐 묶으려고 층계 아래에 있는 매트 위에 무릎을 구부렸다.

그런데 이때 문 여는 소리가 들리더니 로체스터 씨가 나타났다.

"제인, 그동안 잘 지냈소?"

그가 큰 소리로 물었다.

"네, 덕분에 아주 잘 지내고 있습니다."

"왜 저 방에서 나에게 얘기하러 오지 않았소?"

나는 도리어 그에게 같은 질문을 하고 싶었다. 그러나 그렇게 버릇없이 말할 수는 없어서 짧게 대답했다.

"너무 바쁘신 것 같아서요."

"그런데 어째 당신 얼굴색이 좋지 않은 것 같군요. 무슨 일이

라도 있소?"

"아니에요, 괜찮습니다."

"혹시 나에게 물벼락을 내렸던 그날 밤에 감기라도 든 것 아니오?"

"아니요, 그렇지 않아요."

나는 오랜만에 로체스터 씨와 이야기를 해서 그런지 가슴이 두근두근 뛰었다.

"다시 응접실로 들어가요. 도망치기에는 아직 너무 이른 시간이니까."

"좀 피곤해서요."

이렇게 말하자, 로체스터 씨는 잠시 내 얼굴을 들여다보았다.

"그러고 보니 왠지 기가 죽어 있는 얼굴이군. 무슨 일 때문인지 말을 해 봐요."

"염려하실 것 없어요. 전 아무렇지 않으니까요."

"아니, 몹시 우울해 보여요. 한두 마디 더하면 금방 눈에서 눈물이 쏟아질 것 같군요. 봐요, 벌써 눈물 한 방울이 계단에 떨어졌소. 하지만 오늘 밤은 용서해 주겠소. 그러나 에어 선생, 손님이 계실 동안에는 저녁마다 응접실에 얼굴을 내밀어 주었으면 하오. 내가 원하는 것은 바로 그것이오. 자, 그럼 가 보시오. 잘 자요, 나의……."

로체스터 씨는 말을 끝내지 않고 입을 굳게 다물더니, 돌아서서 재빨리 문을 열었다.

낯선 사람들

손님들이 손필드에 온 지 열흘쯤 지난 어느 날, 로체스터 씨는 급한 용무가 생겨 오후에 돌아오겠다며 저택을 떠났다.

갑자기 주인이 없어지니 손님들은 활기를 잃었다. 신사 몇 분은 무료함을 달래려고 아가씨들과 당구실에서 당구를 쳤고, 잉그램 남작 부인과 다른 부인은 카드놀이를 했다.

다만 블랑시는 부인들이 자신들의 이야기에 끌어들이려는 것을 물리치고는, 로체스터 씨가 없는 지루한 시간에 소설이나 읽으려는 듯 서재에서 책 한 권을 꺼내 와서는 거만하게 소파에 몸을 내던졌다.

황혼이 짙어 갈 무렵, 응접실 창턱에 걸터앉아 있던 아델이 갑자기 소리쳤다.

"로체스터 아저씨가 돌아오셨네!"

내가 돌아보았을 때 블랑시는 쏜살같이 소파에서 일어나 창가로 달려갔다. 아델이 소리치는 순간에 비에 젖은 자갈길에서 말발굽 소리가 들려왔기 때문이다.

모두들 로체스터 씨인 줄 알고 반가워했으나 마차에서 내린 사람은 처음 보는 사람이었다.

안으로 들어온 사람은 잉그램 남작 부인이 여기에 있는 사람들 중 제일 연장자라는 것을 알고는 그녀에게 인사했다.

"실례합니다. 로체스터 씨를 뵈러 왔습니다."

"외출 중이신데, 어떡하죠?"

"공교롭게도 친구인 로체스터 씨가 없을 때 왔군요. 그러나 제가 먼 길을 찾아왔으니, 그와의 교분을 생각해서라도 돌아올 때까지 기다리게 해 주셨으면 합니다. 저는 서인도 제도에서 온 메이슨이라고 합니다."

그의 태도는 몹시 공손했지만 어쩐지 불쾌했다. 그는 로체스터 씨와 친구 사이라고 했지만, 왠지 석연치 않게 느껴졌다.

저녁 식사 후, 난롯가에서 두서너 명의 신사가 메이슨이라고 하는 사람과 나누는 이야기를 우연히 듣게 되었다.

그가 영국에 온 지 얼마 되지 않았다는 것, 어느 열대 나라의 사람이란 것 등을 알 수 있었다. 그가 말한 자메이카니, 킹스턴이니, 스페니시 타운이니 하는 지방 이름으로 미루어 보아 그가 서인도 제도에 살고 있다는 것도 알 수 있었다.

그리고 나는 이 신사가 로체스터 씨와 그곳에서 처음 알게 되었다는 얘기를 듣고 적지 않게 놀랐다. 페어팩스 부인에게 들어, 로체스터 씨가 여행을 많이 한다는 것은 알고 있었지만 그렇게 먼 곳까지 간다고는 생각하지 않았기 때문이다.

이런 것에 골몰하고 있을 때, 뜻하지 않은 일이 일어나 내 생각을 중단시키고 말았다.

그날 밤에 또 한 명의 손님이 찾아왔는데, 그 손님은 저택에 어울릴 만한 손님이 아니었다. 허름한 옷을 입은, 점을 보는 집시 할머니였다.

페어팩스 부인을 비롯하여 하인들이 나서서 쫓아내려 했지만, 점쟁이 할머니는 꿈쩍도 하지 않은 채 막무가내로 점을 봐 주겠다고 했다.

"어머, 재미있겠다! 이리로 데리고 오세요. 난 내 운명을 점쳐 보고 싶어요."

피아노 의자에 앉아 악보를 고르고 있던 블랑시가 돌아앉으며 거만한 투로 말했다.

"너무 험상궂게 생겨서……."

하인이 망설이자, 블랑시가 소리를 질렀다.

"어서 데려오라니까, 뭘 망설이는 거예요!"

잠시 뒤에 하인이 들어와서 말했다.

"이젠 또 안 오겠다고 합니다. 할멈은 속물들 앞에 나타나는 것은 자기가 할 짓이 아니라고 하면서 다른 방으로 안내해 달라고 합니다. 그리고 점을 보고 싶은 사람은 한 분씩 와서 보라고 합니다."

"그래? 웃기는군. 그럼 서재로 들어가게 하세요! 그리고 내가 제일 먼저 볼 거예요."

블랑시가 마치 주인이라도 되는 듯이 말했다.

"준비가 다 됐습니다. 한 분씩 차례대로 들어가시면 될 것 같습니다."

하인이 다시 와서 말했다.

맨 처음 점을 본 블랑시는 서재에서 나오더니, 점이 잘 맞지 않는다며 불평하기 시작했다. 그러나 블랑시를 제외한 다른 사람들은 모두 점이 잘 맞는다며 신기해했다.

그런데 갑자기 하인이 나를 찾아와서 살며시 말했다.

"에어 선생님, 점쟁이 할멈이 아직 점을 치지 않은 젊은 아가씨가 한 분 있다고 하면서, 그분이 점을 보기 전에는 돌아가지 않겠다고 버티고 있습니다. 틀림없이 선생님을 말하는 것 같은

데요."

"그래요? 그럼 한번 가 보죠."

나는 아무 눈에도 띄지 않게 살짝 방을 빠져나와 가만히 서재로 들어갔다.

서재 안 난롯가 의자에는 빨간 망토를 걸치고 챙이 넓은 모자를 푹 눌러 쓴 할머니가 앉아 있었다.

내가 할머니 곁으로 다가가자, 할머니는 읽고 있던 책을 덮더니 천천히 고개를 들며 물었다.

할머니는 남자처럼 몹시 거칠고 굵은 목소리로 말했다.

"아가씨도 운명을 알고 싶은가?"

"전 아무래도 좋아요. 할머니 좋으실 대로 점을 쳐 주세요. 하지만 저는 점 같은 건 믿지 않아요."

"당신 같은 사람이 할 만한 얘기군. 그렇게 말할 줄 알았다니까. 들어올 때 발소리를 듣고 말이야."

"그래요? 굉장히 예민한 귀로군요."

"그래. 특히나 당신 같은 손님을 점칠 때 말이야. 그런데 당신은 왜 떨지 않소?"

"춥지 않은 걸요, 뭐."

"당신은 춥고, 병들어 있고, 그리고 바보야."

"그걸 증명해 보세요."

"간단히 몇 마디로 말해 주지. 당신은 추운 거요. 외로워서 그런 거야. 당신은 마음속에 간직하고 있는 불같은 정열을 밖으로 내보이고 있지 않아. 그래서 병들어 가고 있는 거야. 왜냐하면 인간에게 부여된 가장 고상하고 즐거운 감정이 언제나 당신에게서 멀리 떨어진 곳에 있으니까."

"당신은 누구에게나 그렇게 말하죠? 커다란 저택의 고용인으로서 독신이라는 것을 알기만 하면."

"대부분의 사람들에게 그렇게 말하는지는 몰라도, 그것이 모두에게 다 맞는 말일까?"

"저와 같은 경우에는……."

"당신은 특수한 처지에 있는 사람이오. 행복은 바로 옆에 있어. 그렇지. 손 닿는 곳에 있다니까. 행복해질 조건을 다 갖추었어. 그러나 그걸 결합하는 힘이 부족하지. 운명의 신이 그 재료들을 모두 흩어 놓았지. 그걸 한번 긁어모아 보구려. 굉장한 행복이 찾아올 테니."

"전 수수께끼는 몰라요. 평생 한 번도 수수께끼를 풀어 본 적이 없는 걸요."

"손을 내 봐요. 손금을 봐 줄 테니."

내가 손을 내밀자, 할머니는 만지지 않고 얼굴을 가까이 대고 물끄러미 바라보았다.

"너무 복잡하군. 난 이런 손금은 처음 보는데. 아무 운명도 나타나 있지 않군. 당신의 운수는 잘 모르겠소. 하지만 운명의 신은 적당한 행복을 당신에게 할당해 놓았소. 당신이 손을 뻗어서 그걸 잡기만 하면 돼. 그래, 당신은 장래 무슨 일을 하고 싶은 거지?"

"학교를 세우고 싶어요. 월급에서 조금씩 돈을 모아서⋯⋯."

"진지한 희망이긴 하지만, 조금 초라하다는 생각이 드는군. 나는 당신에 대해서 잘 알고 있지."

"누구에게 들으셨나요?"

"글쎄, 그랬는지도 모르지. 사실을 말하면, 나는 이 저택의 하녀 한 사람을 잘 알고 있거든. 풀 부인 말이야."

나는 그 이름을 듣고 깜짝 놀랐다.

'그 기분 나쁜 그레이스 풀과 이 이상한 할머니가 친구라니⋯⋯.'

"놀랄 것은 없소. 풀 부인은 믿을 만한 사람이니까. 그런데 당신은 이 저택 안에 있는 어떤 사람에게 특별히 마음이 끌리지는 않나?"

"저는 여기에 와 계신 분들을 잘 몰라요."

"이 저택의 주인은?"

"그분은 지금 저택에 계시지 않아요."

"교묘히 빠져나가는군. 그렇지만 마음속으로는 그 남자를 생각하고 있지? 그렇지?"

"그분은 곧 다른 분과 결혼하실 거예요."

"블랑시라는 아가씨 말이지? 그 아가씨는 로체스터 씨의 재산을 탐내는 거야. 아까 그 아가씨에게 그 얘기를 했더니, 얼굴색이 변하더군."

"할머니, 제 운명은 어떤가요? 저에 대해서도 말해 주세요."

"아가씨는 행복이 옆에 있지만 쥐려고 하지 않아. 감정을 억누르고 있지. 감정을 억누르지 말고, 행복을 잡아."

점쟁이 할머니는 할 말을 마쳤는지, 나에게 나가 보라고 손짓을 했다.

나는 그때 그 할머니의 손을 자세히 보았다. 그 손은 쭈글쭈글한 노인의 손이 아니었다. 게다가 손가락에는 낯익은 반지가 끼어져 있었다.

내가 할머니의 얼굴을 자세히 살피자, 할머니가 쓰고 있던 모자를 벗으며 말했다.

"하하, 제인. 내가 누군지 눈치챈 모양이군요."

모자를 벗자 나타난 얼굴은 로체스터 씨의 얼굴이었다.

나는 너무나 당황스러워서 정신을 차릴 수가 없었다. 그러면서 내가 했던 말을 다시 더듬어 보았다.

"괜찮아요, 제인. 당신은 마음에 걸릴 만한 말은 한 마디도 하지 않았소."

로체스터 씨는 장난을 마치고 만족해하는 어린애처럼 웃으면서 평소의 낯익은 목소리로 말했다.

"자, 제인. 의자에 앉아요. 그런데 손님들은 어떻게 하고 있소?"

"점을 본 것에 대해 얘기를 나누고 있어요. 아, 참! 그리고 낯선 손님이 오셨어요. 서인도 제도에서 온 메이슨이라고⋯⋯."

"메이슨?"

메이슨이라는 이름을 듣는 순간, 로체스터 씨의 얼굴이 창백해졌다.

"괜찮으세요?"

"괜찮소, 제인. 메이슨에게 내가 만나고 싶어 한다고 전하고, 아무도 눈치채지 못하게 이리로 데리고 와 주시오."

"네."

나는 로체스터 씨의 말대로 메이슨 씨를 찾아 서재로 안내했다. 그리고 나는 2층으로 올라갔다.

한참 후, 내가 침대에 누운 지 상당한 시간이 지났을 때야 응접실의 손님들이 각자 자기 방으로 들어가는 소리가 들렸다.

그 가운데에는 로체스터 씨의 목소리도 끼어 있었다.

"여기야, 메이슨! 여기가 자네 방이네."

그의 목소리는 무척 쾌활했다. 그의 밝은 목소리에 나는 안심을 하고 이내 잠이 들었다.

그리고 잠이 든 지 얼마 되지 않았을 때, 느닷없이 저택 안을 울리는 굉장한 비명 소리에 놀라 나는 잠을 깼다.

쿵쿵거리는 어지러운 발소리에 이어 서로 치고받는 소리가 들려오다, 한순간 조용하더니 또다시 비명이 들려왔다.

"로체스터! 사람 살려! 아아악!"

나는 겁에 질려 벌벌 떨었다. 잠을 자고 있던 사람들이 비명 소리에 놀라 복도로 나와서 웅성거리기 시작했다.

잠시 뒤 로체스터 씨가 3층에서 내려오더니, 하녀가 나쁜 꿈을 꾸는 바람에 비명을 지른 것이라며 사람들을 진정시켰다.

모두들 다시 잠을 청하러 방으로 들어갔고, 나는 분명 그레이스 풀의 짓일 거라고 생각하며 방으로 돌아갔다.

그런데 그때, 누군가가 내 방문을 두드렸다.

"제인. 나요, 로체스터. 당신 방에 혹시 솜이 있소? 각성제도 있으면 가지고 나를 따라오시오."

나는 방에서 솜과 각성제를 찾아 들고 로체스터 씨의 뒤를 따랐다. 로체스터 씨는 3층의 어느 방으로 날 안내했다.

방 안에 들어간 나는 깜짝 놀랐다. 침대 위에 누군가가 피투

성이가 된 채 누워 있었기 때문이었다. 자세히 살펴보니, 그 사람은 메이슨 씨였다.

로체스터 씨는 솜을 물에 적셔 메이슨 씨의 가슴과 어깨에 있는 핏자국을 닦은 후, 각성제를 그의 코에 갖다 댔다. 한참 뒤, 메이슨 씨가 눈을 뜨며 말했다.

"로체스터, 나는 이제 틀렸나 봐."

"정신 똑바로 차려. 지금 내가 의사를 부르러 갈 테니……."

로체스터 씨는 그렇게 말하고는, 나에게 메이슨 씨의 간호를 부탁하고 방을 나섰다.

한 시간 정도 지났을 때, 로체스터 씨가 의사를 데리고 돌아왔다. 의사는 메이슨 씨의 상처를 보고 물었다.

"대체 무슨 일이 있었던 겁니까? 이 상처는 칼로 찌른 게 아니라, 이빨로 문 것 같은데……."

"그녀가 날 물었소."

메이슨 씨가 신음하듯이 말하자, 로체스터 씨는 메이슨 씨에게 더 이상 이야기하지 말라는 듯 큰 소리로 다그쳤다.

"메이슨! 입 다물어. 그렇게 주의를 줬는데도!"

옆에 있던 의사는 재빠르게 상처를 치료했다. 그러고 나서 메이슨 씨를 병원으로 데리고 가기 위해 조용히 마차에 태웠다.

"잘 돌봐 주게."

로체스터 씨가 의사에게 부탁했다.

이윽고 아무도 모르게 마차가 병원으로 떠나자, 로체스터 씨는 안심했다는 표정으로 나를 돌아보았다.

"제인, 고맙소. 어쨌든 모든 것이 이걸로 끝났으면 좋겠는데."

육중한 대문을 닫고 빗장을 걸면서 로체스터 씨가 말했다.

"잠깐 동안만이라도 신선한 공기를 마십시다. 저 집은 마치 동굴 같아. 그렇게 생각하지 않소?"

"제겐 훌륭한 저택으로 보입니다."

"제인, 해가 뜨는 아침을 좋아하오? 엷은 구름이 떠 있는 저 높은 하늘의 고요하고 향긋한 분위기를 좋아하오?"

"좋아해요, 정말 좋아요."

"여기 앉을 곳이 있군. 제인, 여기 앉아요."

걸음을 옮기던 로체스터 씨는 통나무 의자가 보이자 그곳에 걸터앉으며, 내가 앉을 자리를 마련해 주었다. 그러나 나는 그냥 옆에 서 있었다.

"어서 여기 앉아요. 이 벤치는 두 사람이 넉넉하게 앉을 수 있소. 당신은 내 옆에 앉는 것을 주저하지 않겠지요? 제인."

나는 대답 대신 벤치에 걸터앉았다. 그러자 로체스터 씨가 말을 꺼냈다.

"자, 나의 친구. 지금부터 상상력을 동원해야 해요. 한 소년이 어떤 동기에서인지 모르지만 머나먼 외국 땅에서 커다란 실수를 했다고 생각해 봐요. 그리고 그 오점이 죽을 때까지 지워지지 않는다고 합시다. 그 소년은 오랫동안 이곳저곳을 떠돌며 방황하다, 병든 마음을 안고 고향에 돌아왔소. 그런데 그곳에서 새 친구를 만나게 되자, 새로운 생활을 하고 싶어졌소. 그런데 이 소년의 새로운 친구가 바로 당신이라면, 당신은 관습이라고 하는 모든 장애물을 뛰어넘을 수 있소? 보잘것없는 관습적인 장애를 말이오."

그는 말을 마치고 대답을 기다렸지만, 나는 어떠한 말로도 대꾸할 수가 없었다.

그러자 로체스터 씨가 다시 물었다.

"그 소년은 방황을 거듭했고 죄가 많기는 하지만, 지금은 세상의 말을 무시하고 새로 만난 다정한 친구를 영원히 자기 곁에 붙들어 놓고 싶어 한단 말이오."

"만일 선생님께서 아는 분이 고통을 당하고 있다면, 회개해서 고쳐 나갈 힘과 용기와 지혜를 찾아보라고 하세요. 같은 인간이 아니라, 자기보다 높은 데 계시는 하느님께 구하라고 충고해 주시면 어떨까요?"

내가 대답했다.

"제인, 당신은 내가 블랑시 양에게 호의를 품고 있는 것을 벌써 눈치챘소? 만일 그 사람과 결혼한다면, 그녀가 나를 회개시키고 새 사람으로 살 수 있도록 도와줄까?"

그는 대답할 기회도 주지 않고, 말을 마치자 벤치에서 벌떡 일어나더니 길 저편 끝까지 걸어갔다.

그가 마구간 쪽으로 가기에, 나는 한쪽 길을 돌아서 숲을 지나 집으로 돌아왔다. 그런데 로체스터 씨는 다른 길로 돌아왔는지, 뒤뜰에서 사람들과 즐겁게 이야기를 나누고 있었다.

"메이슨은 오늘 아침에 이곳을 떠났어. 난 4시에 일어나서 전송했네그려."

다시 찾은 게이츠헤드

그다음 날 오후, 나는 페어팩스 부인 방에서 누군가가 나를 기다린다는 전갈을 받고 아래층으로 내려갔다.

나를 기다린 사람은 검은 상복을 입고 검은 모자를 쓴, 어느 신사의 하인처럼 보이는 남자였다.

"제인 아가씨, 절 기억하시나요? 게이츠헤드에 계셨을 때 리드 부인의 마부였던 로버트입니다."

"어머, 로버트. 안녕하세요? 베시와 결혼했다죠? 베시는 잘 있나요? 그런데 무슨 일로……. 누가 돌아가신 건가요?"

내가 로버트의 상복을 보며 물었다.

"네, 그랬습니다. 고맙습니다. 집사람은 잘 있어요. 두 달 전에 아이가 또 하나 태어났지요. 그런데 존 도련님이 런던의 하숙집에서 그만 돌아가셨답니다. 어제로 일주일째 되었지요."

로버트는 존이 런던에서 자살을 했고, 그 충격으로 리드 부인이 쓰러졌는데, 나를 찾고 있다고 말했다.

"그래서 만일 아가씨께서 가실 수만 있다면 내일 아침 일찍 모시고 갈까 합니다."

"알았어요. 아무래도 내가 가 봐야 할 것 같군요."

그 저택을 떠나올 때 두 번 다시 돌아가지 않겠다고 굳게 결심했지만, 병든 외숙모가 나를 꼭 만나고 싶어서 일부러 사람까지 보내왔으니 거절할 수가 없었다.

나는 서둘러서 로체스터 씨에게 허락을 받으러 갔다.

로체스터 씨는 블랑시와 당구 게임에 열중하고 있었다.

"로체스터 씨!"

내가 나지막한 목소리로 부르자, 블랑시가 마치 썩 물러가지 못하겠느냐는 듯한 눈초리로 나를 쏘아보았다.

"저 사람이 당신한테 볼일이 있는 모양이에요?"

로체스터 씨는 돌아서서 '저 사람'을 보았다. 그는 알 수 없다는 표정을 지으며 큐를 내던지고는 가까이 다가왔다.

"무슨 일이오, 제인?"

"한 1, 2주일 동안 휴가를 주셨으면 합니다."

"무슨 일로 어디를 간단 말이오?"

나는 로체스터 씨에게 사촌인 존이 죽은 사실과 그 때문에 외숙모의 병이 악화되었다는 것을 이야기했다.

"그런 친척이 있다는 것을 당신은 한 번도 말하지 않았잖소? 하지만 외숙모님이 위독하다면 어쩔 수 없지. 제인, 약속해요! 일주일 안으로 돌아오겠다고."

"약속하지 않는 것이 좋겠어요. 지킬 수 없는 사정이 생길지도 모르니까."

"그럼 무슨 일이 있어도 꼭 돌아와야 해요."

"네, 일을 마치는 대로 꼭 돌아오겠어요."

이튿날, 나는 로체스터 씨에게 일주일간의 휴가를 얻어 아침 일찍 출발했는데 어두워질 무렵에 리드 저택에 도착했다.

9년 전 어느 추운 겨울날 떠난 저택에 돌아와 보니, 세월이 흐른 탓인지 많이 변해 있었다.

나는 곧장 식당으로 들어섰다. 거기에 있는 가구는 모두 내가 떠나던 날 아침 그대로였다. 난로 앞의 카펫도 여전히 깔려 있었다.

내가 들어서자 젊은 귀부인 두 사람이 나를 맞으려고 의자에서 일어났다. 엘리자와 조지애나였다. 엘리자는 야위어서 초라해 보였고, 조지애나는 여전히 아름다웠지만 얼굴에는 우울함이 가득해 보였다.

"오랜만인데?"

조지애나의 목소리는 여전히 쌀쌀맞고 무뚝뚝했으며, 차디
찬 눈초리도 예전과 하나도 달라진 것이 없었다.

"리드 부인께선 좀 어때?"

내가 머뭇거림 없이 당돌하게 묻자, 버릇없다는 생각이 들어
불쾌하면서도 차라리 그것을 모르는 체하겠다고 작정한 듯이
말했다.

"리드 부인이라고? 엄마 말이군. 엄마는 너무 허약해져서 오
늘 밤에 뵙게 될는지 모르겠어."

"2층에 올라가서 내가 왔다는 것만 좀 알려 드렸으면 좋겠
어."

내가 이렇게 대꾸하자, 조지애나는 깜짝 놀라는 표정을 지었
지만 애써 감추며 말했다.

"아, 참. 엄마가 각별히 만나고 싶다고 했었지…….."

나는 리드 부인이 누워 있다는 2층의 방문을 열고 안으로 들
어갔다.

'그래, 지난날의 아픔은 다 잊는 거야.'

리드 부인은 창백한 얼굴로 침대에 누워 있었다.

"리드 외숙모, 저 제인이에요."

옛날에 이 저택에서 쫓겨날 때, 다시는 '외숙모'라고 부르지 않겠다고 다짐했는데, 침대에 누워서 다 죽어 가는 병자를 보니 그 다짐이 일순간 다 무너져 내렸다.

나는 리드 외숙모에게 다가가 외숙모의 손을 꼭 잡으며 말했다. 하지만 외숙모는 내 이름을 듣자, 안절부절못하면서 간신히 입을 뗐다.

"제인이냐? 잘 왔다. 꼭 한 번 보고 싶었는데……."

과거의 공포와 슬픔이 뒤범벅되어 생생하게 되살아났지만, 그래도 나는 허리를 구부린 채 그녀에게 키스를 했다.

그런데 안절부절못하던 외숙모가 갑자기 흥분하면서 알아들을 수 없는 말을 횡설수설하기 시작했다. 나는 살며시 방에서 나와 베시를 부르러 아래층으로 내려갔다.

급히 뛰어 올라온 베시가 외숙모를 흔들면서 말했다.

"마님, 정신 차리세요."

베시가 간신히 진정제를 먹이자, 리드 외숙모는 잠이 들었다.

"제인 아가씨, 신경 쓰지 마세요. 내일 아침이면 괜찮아지실 거예요."

그러나 리드 외숙모의 상태는 좋아지지 않았다.

엘리자와 조지애나는 사이가 나빠 서로 자기 일만 생각하고 있었고, 하녀들조차도 가끔 생각날 때만 들여다볼 뿐 제대로 외숙모를 돌보는 것 같지 않았다.

또한 고용된 간호사도 엘리자와 조지애나가 제대로 감독을 하지 않다 보니, 틈만 나면 병실을 빠져나와 노닥거리기 일쑤였다.

나는 아무도 돌보지 않는 외숙모가 가엾다는 생각이 들어 자주 2층의 병실을 찾았다.

벌써 게이츠헤드에 온 지도 열흘이나 되었다. 비가 주룩주룩 오는 아침, 나는 왠지 자꾸만 불길한 예감이 들어 외숙모의 방으로 올라갔다.

이날도 여전히 방 안에는 돌보는 사람이 아무도 없었고, 외숙모 혼자 누워 있었다.

나는 외숙모 곁으로 다가가 "외숙모!"하고 작은 소리로 불렀다. 그러자 리드 외숙모가 희미한 목소리로 말했다.

"외숙모라고? 나를 그렇게 부르다니, 제인이냐? 그래, 그 눈과 얼굴은 제인 에어하고 꼭 닮았구나. 하지만 제인이 여기 올리가 없어. 9년이나 지났으니, 이제 그 애도 많이 변했을 거야."

외숙모는 신경이 예민해지고 의식이 약해져서 내가 정말 게이츠헤드에 와 있다는 사실을 잊어버린 것 같았다.

"외숙모, 저예요. 제가 바로 그 제인이에요."

"그래? 정말 제인이냐? 아, 제인. 너한텐 정말 미안하다. 친자식처럼 잘 키우겠다고 남편하고 약속했는데……. 그 약속을 지키지도 못하고, 미워만 하고……."

외숙모는 누운 상태에서 힘겨운 목소리로 여러 가지 이야기를 했다. 그러다가 괴로운 듯 숨을 삼키더니 무엇인가를 결심한 듯 말했다.

"난 너에게 말하지 못한 게 있어. 내 화장대 서랍을 열고, 편지를 꺼내 읽어 보아라."

나는 외숙모의 말대로 화장대 서랍을 열었는데, 그 안에 편지 한 통이 놓여 있었다.

> 부인, 부디 제 조카 제인 에어의 주소와 소식을 알려 주시기 바랍니다.
> 저는 마데이라에 살고 있는데, 아내도 자식도 없습니다.
> 제인을 양녀로 삼아,
> 내가 죽은 후 그동안 모은 재산을 전부 물려주고 싶습니다.
> — 마데이라에서, 존 에어

편지에는 3년 전의 날짜가 적혀 있었다.

"어째서 좀 더 일찍 알려 주지 않으셨어요?"

"네가 행복해지는 것이 싫었기 때문이야. 그래서 난 네가 로드 학교에서 발진 티푸스에 걸려 죽었다고 답장을 했단다. 그러

151

니 빨리 네 삼촌한테 편지를 써서 내 거짓말을 밝혀라. 제인, 정
말 미안하다. 날 용서해 줘."

리드 외숙모의 힘없는 눈은 마지막까지 진심을 털어놓지 못
한 괴로움을 잘 나타내고 있었다.

나는 외숙모를 용서한다고 말하면서, 외숙모의 손을 잡아 주
었다. 하지만 그때는 그렇게 잡은 손이 마지막이 될 줄은 몰랐다.

외숙모는 내 손을 뿌리치고 자신의 손을 이불 속으로 집어넣
어 버리더니, 내내 말이 없었다.

외숙모는 저녁 무렵부터 혼수상태에 빠지더니 자정이 넘었
을 무렵 숨을 거두었다.

옆에 아무도 없는 상황에서 쓸쓸히 숨을 거두고 만 것이다.

사랑의 맹세

로체스터 씨는 내게 단지 일주일 동안만 휴가를 주었을 뿐인데, 게이츠헤드에서 이럭저럭 한 달이 지나가 버렸다.

그동안 페어팩스 부인에게서 온 편지에 따르면, 손님들은 다 떠났고 로체스터 씨도 3주일 전에 런던에 가셨는데 2주일 내로 돌아오실 예정이라고 했다.

나는 외숙모의 장례식과 그 뒷정리까지 마치고 난 뒤, 예정보다 훨씬 늦게 손필드로 출발했다. 저택이 가까워지자, 로체스터 씨에 대한 생각으로 내 마음속도 복잡해졌다.

'로체스터 씨가 블랑시와 결혼하면 아델은 학교로 가게 될 텐데. 그러면 난 어디로 가야 할까?'

나는 생각을 정리할 겸 마차에서 내려 저택까지 걸어가기로 했다. 멀리, 손필드 저택의 목장에서 일하는 사람들의 모습이 보였다.

'그냥 돌아가 버릴까? 아니야, 잠시라도 로체스터 씨와 함께 있을 수 있다면 그것만으로도 좋아.'

그때, 돌계단에 외로이 앉아 있는 로체스터 씨의 모습이 보였다.

"제인!"

로체스터 씨는 내 이름을 부르며 벌떡 일어섰다.

"틀림없이 제인이지? 이런 저녁 시간에 불쑥 나타나다니, 귀신은 아니겠지? 도대체 한 달 동안 뭘 했소?"

"외숙모께서 돌아가셨어요. 장례식 마무리를 하다 보니 늦었습니다."

"그래, 한 달 동안이나 떠나 있어서 날 까맣게 잊은 건 아니오?"

로체스터 씨의 말은 날 설레게 했다. 그리웠던 로체스터 씨를 오랜만에 만나자 눈물이 왈칵 쏟아질 것 같았지만 간신히 참았다.

"제인, 당신이 없는 동안 난 런던에 가서 멋진 마차를 샀소."

"드디어 신부를 맞이할 준비를 하시는군요."

"그래요. 그 마차가 로체스터 부인에게 어울릴지 모르겠소. 당신한테도 보여 주고 싶구려. 하지만 오늘은 피곤할 테니 우선 쉬도록 해요."

로체스터 씨의 안내를 받아 집 안으로 들어가니, 날 발견한 아델이 뛸 듯이 기뻐하며 달려와 안겼다. 페어팩스 부인은 평소처럼 조용히 나를 맞아 주었다. 그 밖에 다른 하인들도 모두 반갑게 인사를 해 주어서 얼마나 행복했는지 모른다.

그렇게 2주일이 지났다. 그런데 그동안 마차까지 준비했다던 로체스터 씨의 결혼 이야기는 어느 곳에서도 들을 수가 없었다. 더구나 결혼식 준비를 하는 것 같지도 않았다.

어떻게 된 일인지 궁금해서, 페어팩스 부인에게 물어보았다. 하지만 페어팩스 부인도 궁금해하기는 마찬가지였다.

나는 로체스터 씨와 블랑시의 결혼이 늦어지면 늦어질수록 그만큼 로체스터 씨의 곁에 오래 머무를 수 있기 때문에 좋았지만, 도무지 로체스터 씨의 마음을 짐작할 수 없어서 정신이 혼란스러웠다.

그러던 어느 여름날 저녁, 나는 복잡한 머릿속도 식힐 겸 자갈길을 걸어서 과수원 쪽으로 갔다. 넓은 저택 안에서 이곳만큼 사람 눈에 띄지 않고 조용한 곳도 없기 때문이었다.

그런데 로체스터 씨는 내가 이곳에 있는 줄 어떻게 알았는지,

성큼성큼 다가왔다.

"제인, 나와 함께 산책하지 않겠소?"

나는 로체스터 씨를 피하려고 했지만 그럴 수 없었다. 나는 로체스터 씨와 함께 월계수 산책길을 걸었다.

"손필드의 여름은 참 좋지 않소?"

"네, 그래요."

"당신도 이 집에 어느 정도 정이 들었을 거요. 자연의 아름다움을 보는 눈도 있고, 천성적으로 상상력이 풍부하니까."

"네, 정말로 정이 많이 들었어요."

"그들과 헤어지면 섭섭하지 않겠소?"

"네, 섭섭할 거예요."

"안됐군! 그러나 이런 일은 인생에서 흔히 벌어지는 일이지. 기분 좋은 안식처에 자리를 잡고 정을 붙일 만하면, 휴식 시간이 끝났으니 일어나 나가라는 명령이 떨어지니 말이오."

"그럼 제가 꼭 가야만 하나요? 손필드 저택을 떠나야만 하나요?"

"그래야 할 것 같소. 안됐지만 그래야만 되오."

이것은 내게 너무나 큰 충격이었다. 그러나 이 충격에 져서는 안 된다는 생각이 들어 태연한 척했다.

"좋아요. 떠나라는 분부가 내려지면 언제든 떠나겠어요."

"그 명령은 지금 바로 내려야 할 것 같소. 오늘 밤에 그 명령을 내릴 생각이오."

로체스터 씨의 말에, 나는 블랑시와의 결혼 이야기를 하려는 건 아닌가 싶어 긴장되기 시작했다. 그러나 입술을 꽉 깨물면서 웃으며 말했다.

"결혼하려고 하시는군요?"

"맞소. 당신의 그 명민한 머리가 알아맞혔군."

"곧 하시게 되나요?"

"곧 하게 될 거요. 제인, 난 한 달 뒤에는 신랑이 되고 싶으니까. 그동안 난 나대로 당신의 일자리와 거처를 찾아보도록 하겠소."

"고맙습니다. 선생님께 염치가 없습니다."

그 순간, 내 가슴이 와르르 무너지며 참았던 눈물이 걷잡을 수 없이 쏟아졌다.

"축하드려요. 블랑시 양과 참 잘 어울리세요."

내가 용기를 내어 마음에도 없는 축하 인사를 하자, 로체스터 씨가 화를 버럭 냈다.

"블랑시? 내가 언제 블랑시와 결혼한다고 했소? 정말 내 마음을 몰라서 하는 소리요?"

나는 로체스터 씨의 큰 목소리에 깜짝 놀라 고개를 들고 쳐다보았다.

"제인, 잘 들어요. 내가 결혼하고 싶은 사람은 당신밖에 없소. 내 신부가 되어 주지 않겠소?"

나는 믿을 수 없었다. 그래서 그의 물음에 아무런 대답을 할 수가 없었다.

"내 말을 못 믿겠소?"

"네, 못 믿겠어요."

"내가 사랑하는 사람은 블랑시가 아니오. 나는 그녀를 시험해 보려고 내 재산이 얼마 되지 않는다는 헛소문을 퍼뜨렸지. 그랬더니 그 뒤로, 그녀는 나를 거들떠보지도 않았소. 사랑을 돈으로 따지는 여자는 내 신부가 될 자격이 없소. 난 당신을 사랑하오. 제인, 내 아내가 되어 주시오."

로체스터 씨의 진지한 고백에 나는 어리둥절했다.

"로체스터 씨, 내게 얼굴을 보여 주세요. 달빛을 향해 얼굴을 돌려 보세요. 당신 얼굴이 보고 싶어요. 당신의 진짜 얼굴을……."

로체스터 씨는 파르스름한 달빛을 향해 얼굴을 돌렸다. 그의 커다란 눈은 진실한 마음을 나타내며 반짝반짝 빛나고 있었다.

"제인, 내 진심을 알아주는군요. 내가 말하는 것을 받아 주었어."

"네, 이제 당신의 생각과 마음을 알겠어요."

"그럼 이제부턴 '에드워드'라고 불러 줘요. 요 귀여운 아가씨."

"에드워드!"

"제인, 이쪽으로 와요. 나는 당신을 평생 행복하게 해 줄 거요!"

로체스터 씨는 힘찬 목소리로 말하더니 나를 와락 끌어안았다.

로체스터 씨의 진심이 내 마음으로 전달되는 것 같았다.

그런데 이게 웬일인가!

달도 지지 않았는데 난데없이 주변이 깜깜해지더니, 갑자기 천둥소리가 나고 번갯불이 번쩍였다.

나는 로체스터 씨의 어깨를 방패 삼아 몸을 웅크렸다.

이어서 비가 마구 퍼붓기 시작했다. 그는 나를 길 쪽으로 황급히 끌어올린 다음 정원을 지나 현관으로 들어가게 했지만 문턱을 넘어서기도 전에 흠뻑 젖어 버렸다.

홀에서 그가 내 숄을 걷어 뒤죽박죽이 된 머리의 물기를 닦아 주고 있을 때, 페어팩스 부인이 방문을 열고 나왔다.

처음에는 로체스터 씨도 그녀가 나온 것을 알아차리지 못했다. 시계는 12시를 치고 있었다.

"젖은 것을 빨리 벗어요. 가기 전에 인사를 해야지. 잘 자요,

내 사랑."

　로체스터 씨가 이렇게 인사하는 것을 보고 있던 페어팩스 부인의 얼굴에 어이없어 하는 듯하면서도 심각해하는 표정이 떠올랐다.

　나는 그녀에게 미소를 지어 보이고는 그대로 2층으로 달려 올라갔다.

깨어진 결혼식

나는 자리에서 일어나 옷을 갈아입으며 어젯밤 일을 돌이켜 보다가 꿈이 아니었나 생각해 보았다. 다시 한 번 로체스터 씨를 만나, 그의 사랑과 맹세의 말을 들을 때까지는 그것이 실제로 있었던 일이라고 믿을 수 없다는 생각이 들었다.

우리는 한 달 뒤에 결혼식을 올리기로 결정했다. 로체스터 씨는 마을로 가서 나를 위한 옷과 보석을 사야겠다면서 하인에게 마차를 준비시켰다.

나는 마을로 나가기 전에, 이미 우리 두 사람 사이를 눈치챈 것 같은 페어팩스 부인에게 우리가 결혼한다는 것을 알리는 것이 좋겠다고 로체스터 씨에게 말했다.

"그렇게 하겠소. 아주머니가 이해할 수 있도록 잘 얘기하겠소."

잠시 뒤 로체스터 씨가 페어팩스 부인에게 우리가 결혼한다는 말을 전한 다음 부인의 방에서 나오는 소리가 들리자, 나는 급히 그곳으로 갔다.

페어팩스 부인은 그녀의 아침 일과인 성경 읽기를 하는 중이었는지, 그녀 앞에는 성경이 펼쳐져 있었다.

부인은 로체스터 씨의 통고 때문에 중지된 아침 일과를 아예 잊어버린 듯한 표정으로 앉아 있었다.

그러다가 내가 들어서자, 부인은 흐트러지고 불안한 마음을 수습하려는 듯이 애써 웃으면서 의례적인 축하의 말을 건넸다.

그러나 미소는 금방 사라졌고 말끝을 맺지 못했다. 그녀는 안경을 접어서 안경집에 넣고 성경을 덮은 다음 의자를 식탁에서 뒤쪽으로 밀어붙였다.

"난 깜짝 놀랐어요. 글쎄 뭐라고 말을 해야 좋을지 모르겠어요. 에어 선생님, 설마 제가 꿈을 꾸고 있는 건 아니겠죠? 로체스터 씨가 선생님에게 청혼하셨다는 게 정말인가요? 이런 말을 묻는다고 저를 비웃지는 말아 주세요. 조금 전에 그분이 여기에 오셔서, 한 달 후에 선생님과 결혼한다고 이야기하신 것 같아서⋯⋯."

"저에게도 같은 말씀을 하셨어요."

"그분이 그러셨다고요? 그래서 선생님은 그분의 말을 믿는 거예요? 그분의 청혼을 받아들이셨나요?"

"네, 벌써……."

페어팩스 부인은 당황한 표정으로 멍하니 나를 바라보았다.

"정말 생각지도 못한 일이에요. 저분은 자존심이 강한 분입니다. 로체스터 가의 모든 분이 그랬지요. 저분의 아버님은 돈밖에 모르던 분이셨어요. 저분은 매우 신중한 분이라고 알고 있고요. 그런데 정말로 저분이 선생님에게 청혼을 한 거예요?"

"네, 그분이 그렇게 말씀하셨어요."

부인은 내 온몸을 훑어보았다. 나는 그녀의 시선에서, 그녀가 이 수수께끼를 풀 만한 강한 매력을 내 몸 어느 구석에서도 찾지 못했음을 짐작할 수 있었다.

"나는 도저히 이해를 못 하겠어요! 하지만 선생님 입으로 그렇게 말씀하시니 사실이겠죠. 나는 어떻게 해야 할지 모르겠어요. 정말 모르겠어요. 이런 경우에 흔히 재산이나 지위가 걸맞은 편이 좋은데, 더군다나 로체스터 씨와 선생님은 나이도 스무 살이나 차이가 나잖아요. 그분이 선생님의 아버지라 해도 믿을 정도로……."

"그건 그렇지 않아요, 부인. 절대로 우리 아버지 같지는 않아요! 둘이 같이 있는 것을 보면 누구라도 그렇게 생각하지 않을 겁니다. 로체스터 씨는 20대 젊은이같이 보이고, 또 실제로도 그렇게 젊은 분이세요."

"그분이 선생님과 결혼하시겠다는 건 오로지 사랑 때문일까요?"

나는 페어팩스 부인의 냉담함과 깊은 의심에 눈물이 날 정도로 화가 났다.

"도대체 무얼 의심하세요? 로체스터 씨가 저 같은 사람을 진심으로 사랑한다는 것이 믿기지 않는단 말씀이신가요?"

"아니, 그런 말이 아닙니다. 물론 선생님은 결점이 거의 없는 분이시고, 최근에는 더욱 훌륭해지셨습니다. 로체스터 씨가 선생님을 좋아하게 되신 것은 확실해요. 저는 선생님이 그분의 마음에 들게 되리라고 전부터 예상하고 있었어요. 선생님을 생각해서, 그분이 특별히 선생님을 귀여워하시는 것이 염려가 되어 조심해 주셨으면 하고 생각한 적도 있었습니다. 그렇지만 그런 말을 하면 선생님이 놀라고 기분이 상할까 봐 망설였지요. 게다가 선생님은 퍽 신중하고 조심성이 있는데다 사려 깊은 사람이기 때문에 스스로를 잘 지키시리라 믿었지요. 그런데 어젯밤 집 안을 다 찾아도 선생님도 보이지 않으시고 주인어른도 보이지 않으셔서 걱정을 했는데, 자정이 다 되어서야 함께 들어오시는 걸 보고 제 마음이 무척 아팠습니다."

"이제 그런 걱정은 하지 않으셔도 돼요."

부인과 이야기를 나눈 뒤, 나는 로체스터 씨와 함께 외출을 했다.

로체스터 씨는 마을로 가서 커다란 가게 앞에 마차를 세우고는 나를 위해 옷을 여러 벌 주문했다. 그리고 보석 가게로 가더니 이번에는 값비싼 보석을 샀다.

그런데 나는 그런 것을 받아도 조금도 기쁘지 않았다. 오히려 나를 예쁜 인형처럼 꾸미고 싶어 하는 로체스터 씨의 태도가 부담스러웠다.

그때 삼촌이 외숙모에게 보냈다는 편지가 생각났다. 나에게 자립할 돈이 있다면 이런 지나친 대접을 받지 않아도 된다는 생각이 들어 당장 마데이라로 편지를 보냈다.

결혼 준비는 착착 진행되었고, 드디어 결혼식이 이틀 앞으로 다가왔다. 로체스터 씨는 급한 일이 생겨 손필드에서 꽤 멀리 떨어진 곳에서 하룻밤을 묵고 온다면서 집을 나섰다.

그날 오후부터 불기 시작한 바람은 계속 거세졌고, 바람 소리가 끊길 때마다 이상하고 기분 나쁜 소리가 들려오는 것 같아서 나는 더럭 겁이 났다.

저녁나절에 나는 언제 잠이 들었는지도 모르게 곤한 잠을 자며 꿈을 꾸었다. 불과 결혼식 이틀 전인데, 로체스터 씨가 내게서 차갑게 등을 돌리고 떠나는 꿈이었다.

놀라서 잠에서 깬 내 등에서는 식은땀이 주르륵 흘렀다.

그런데 그때, 누군가가 내 방에 있는 것 같은 기척이 느껴졌다. 방 안을 둘러보니, 내 결혼 예복을 넣어 둔 옷장 문이 열려 있었다. 그리고 방 안 어디선가 옷자락 스치는 소리가 들리는 것이었다.

나는 벌떡 일어나 방 안을 살펴보았다. 촛불을 높이 들고 웨딩드레스와 면사포를 살펴보는 여자의 뒷모습이 보였다.

나는 그 사람의 얼굴을 본 순간, 온몸의 피가 얼어붙을 정도로 놀랐다. 검은 머리카락의 여자가 내 면사포를 자기 머리 위에 덮어쓰고는 거울을 바라보고 있는 것이었다.

아, 그 기분 나쁘게 생긴 얼굴! 거무스름한 얼굴에 빨갛게 충혈된 눈! 너무나 끔찍하게 느껴졌다.

잠시 뒤, 그녀는 면사포를 벗더니 그것을 갈기갈기 찢어서 바닥에 내던지고 발로 마구 밟아 뭉갰다. 그리고는 무서운 얼굴로 나를 노려보며 웃었다.

"귀, 귀신……."

나는 겁에 질려 정신을 잃고 말았다. 내가 정신을 차렸을 때에는 날이 환히 밝아 오고 있었다.

다음 날, 출타 중이었던 로체스터 씨가 돌아와 내 이야기를 듣더니 악몽을 꾼 것뿐이라며 나를 진정시켰다.

하지만 나는 생생한 기억과 여태껏 이 저택에서 있었던 의문점들 때문에 로체스터 씨의 말을 믿을 수가 없었다.

"악몽이 아니에요. 전에 메이슨 씨 일도 그렇고, 어젯밤에 찢어진 면사포가 내 방에 있는 걸요."

로체스터 씨는 내 말에 나를 꽉 끌어안으며 말했다.

"면사포뿐이어서 다행이오. 분명 그건 그레이스 풀일 거요. 내가 왜 그 여자를 이 저택에 살게 하는지 이상하겠지만, 지금은 그 이유를 묻지 마시오. 일 년 뒤에 모든 걸 설명하겠소."

나는 손필드 저택에 뭔가 비밀이 숨겨져 있는 게 틀림없다고 확신했지만, 더 묻지는 않았다.

다음 날, 아침 7시에 소피가 나에게 옷을 입혀 주러 왔다.

로체스터 씨의 독촉에 나는 서둘러서 아래층으로 내려갔다.

"백합처럼 아름답소. 정말 근사해, 제인."

웨딩드레스를 입은 내 모습을 바라보며, 로체스터 씨는 기쁨을 감추지 못했다.

결혼식은 8시에 시작될 예정이었다.

그날 날씨가 화창했는지 흐렸는지는 전혀 기억에 없다. 차도를 걸으면서도 하늘과 땅, 그 어느 곳도 보지 못했다. 뜨거운 시선과 함께 로체스터 씨의 마음이 온몸으로 파고들었기 때문이었다.

우리의 결혼식에는 신랑 들러리도 신부 들러리도 없었고, 친척도 없었다. 로체스터 씨와 나뿐이었다. 우리는 아무도 부르지 않은 채 우리 둘만의 결혼식을 치르기 위해 둘이서만 조용히 교회로 향했다.

교회로 들어가니 목사님이 우리를 기다리고 있었다.

결혼식이 시작되었다. 목사님은 결혼의 의미에 대해 엄숙한 목소리로 말했다.

잠시 뒤, 말을 마친 목사님이 로체스터 씨에게 물었다.

"당신은 이 여인을 아내로 삼아 일생 동안 함께 살겠습니까?"

그때, 갑자기 뒤에서 커다란 목소리가 터져 나왔다.

"이 결혼은 성립될 수 없습니다. 이 결혼은 무효입니다."

느닷없이 나타나 결혼이 무효라고 외친 사람이 우리 곁으로 점점 다가왔다. 처음 보는 남자였다.

"이유가 뭡니까?"

목사님이 난처한 듯, 우리 뒤에 있는 사람에게 물었다.

"로체스터 씨는 결혼한 몸이고, 그 부인이 지금 살아 있습니다."

나는 너무 놀라 몸이 휘청거렸다. 목사님도 할 말을 잃은 채, 넋이 나간 사람처럼 서 있기만 했다.

조금 뒤, 로체스터 씨는 마른침을 꿀꺽 삼키고 나서 입을 열었다.

"당신은 누구요?"

"저는 브리그스라는 변호사입니다."

"그 여인에 관한 모든 것, 이름, 양친, 거주지를 알려 주시오."

"그러지요. 여기 당신이 결혼했다는 증명서가 있습니다."

"그러면 내 아내라고 하는 여자가 아직 살아 있다는 증명도 할 수 있소?"

"3개월 전에는 살아 있었습니다. 그리고 증인이 있습니다. 당신은 그 증인의 말을 반박하지 못할 거요. 메이슨 씨, 이리 와 주세요."

그 이름을 듣자, 로체스터 씨는 이를 악물며 분노와 억울함으로 온몸을 떨었다.

나는 변호사에게 불려서 앞으로 나온 사람의 얼굴을 본 순간, 깜짝 놀랐다. 그 사람은 언젠가 서인도 제도에서 로체스터 씨를 찾아왔다가 심한 상처를 입은 남자였다.

목사님은 분노로 치를 떠는 로체스터 씨를 달래면서, 메이슨 씨에게 물었다.

"당신은 이 사람의 부인을 알고 계십니까?"

"너 같은 인간이 무슨 할 말이 있다는 거야?"

로체스터 씨의 얼굴에 경멸하는 기색이 가득했다.

"그녀는 제 동생입니다. 그리고 지금도 살아서 손필드 저택에 있습니다."

"손필드에 있다고? 그게 정말입니까? 나는 이 동네에 산 지꽤 오래된 사람이오. 그러나 아직까지 한 번도 손필드 저택의 로체스터 부인에 관한 얘긴 들어 보지 못했소."

목사님은 로체스터 씨를 향해 큰 소리로 말했다.

"물론입니다. 들었을 리가 없죠. 그런 사실을, 그런 이름을 가진 여자가 있다는 것조차 세상에 숨기고 있었으니까요."

로체스터 씨는 이렇게 말하고는 한동안 생각에 잠겨 있다가, 이윽고 무엇인가를 결심한 듯 말했다.

"좋습니다. 모든 것을 다 털어놓겠습니다. 메이슨이 말하는 것은 사실입니다. 나는 15년 전에 여기 있는 메이슨의 여동생과 결혼했습니다. 그녀는 백치와 미치광이가 대대로 유전되는 집안의 딸이었는데, 전 그 사실도 모르고 속아서 결혼했지요. 그녀는 자기 오빠를 물어뜯었고, 나를 죽이려고 내 방에 불을 질렀습니다. 게다가 제인의 면사포도 찢어 버렸지요. 자, 모두 우리 집에 가서 그녀를 만나 보시지요. 내가 어떤 여자와 결혼했는지 확인해 보시기 바랍니다."

로체스터 씨는 당황하거나 서두르지 않았고, 여전히 내 손을 굳게 잡은 채 교회를 나왔다. 다른 사람들도 그 뒤를 따랐다.

손필드 저택의 3층, 어느 방의 작은 문을 열쇠로 열고 큰 침대와 옷장이 있는 방을 지나가니 두 번째 문이 있었다. 로체스터 씨는 그 문도 열었다.

희미한 등잔불 밑에서 그레이스 풀이 요리를 하고 있었다.

"안녕하시오, 풀 부인! 좀 어떠시오? 당신의 환자는 오늘 좀 어떻소?"

로체스터 씨가 물었다.

"고맙습니다. 그저 그럭저럭 지내죠. 발끈발끈 화를 내긴 하지만 난폭하진 않아요."

그레이스는 이렇게 대답하면서 끓고 있는 냄비를 내려놓았다.

그때 그레이스 풀의 호의적인 보고가 거짓말이라고 부정이라도 하듯 처참한 비명 소리가 들려왔다.

방 끝 어두운 구석에서 무슨 형체가 이리저리 뛰어다니고 있었다. 얼핏 봐서는 그 형체가 사람인지 짐승인지 분간할 수가 없었다. 자세히 살펴보니, 그건 분명히 사람이었다.

그 미친 사람은 머리를 풀어 헤친 채 매서운 눈으로 로체스터 씨를 쏘아보는데, 그저께 밤에 내 방에 들어와서 면사포를 찢던 바로 그 여자였다.

"흉기 같은 건 지금 안 갖고 있겠지?"

로체스터 씨가 풀 부인에게 물었다.

"무얼 갖고 있는지는 아무도 모르지요. 어찌나 감쪽같은지. 저 여자의 음흉한 흉계는 보통 사람의 머리로는 도저히 알아낼 수가 없답니다."

그레이스가 걱정스럽다는 듯이 말했다. 세 신사도 일제히 뒤로 물러섰다.

로체스터 씨가 갑자기 나를 힘껏 뒤로 밀쳤다. 그 미친 여자가 로체스터 씨의 목덜미를 움켜쥐고 그의 뺨을 물어뜯으려 했기 때문이었다.

두 사람은 격투를 벌였다. 그 여자는 격투에서 남자 못지않은 힘을 보여 주었는데, 로체스터 씨는 몇 번이나 목을 졸릴 뻔했다.

그러나 로체스터 씨는 때리지는 않고 방어만 할 뿐이었다. 그는 가까스로 미친 여자의 두 팔을 묶어 가까이에 있던 의자에 붙들어 매는 데 성공했다.

로체스터 씨는 사람들을 돌아다보며 쓸쓸하게 웃었다.

"저 짐승 같은 여자가 바로 여러분이 말하는 내 아내입니다. 그리고 이것이 내가 알고 있는 유일한 부부의 포옹이고, 내가 심심풀이로 하는 애무랍니다."

그는 내 어깨에 손을 얹으며 말을 계속했다.

"이 아가씨는 지옥의 입구에서 이처럼 침착하고 엄숙하게 악마의 장난을 바라보고 있소. 나는 저 고약한 요리를 먹은 다음 입가심으로 이 아가씨를 원했던 것이오. 우드 씨, 브리그스 씨, 이 맑은 눈과 저쪽의 붉은 곰 같은 눈을 비교해 보시오. 그러고 나서 복음을 전하는 목사님과 법률을 공부한 분이 나를 심판해 주시오."

우리 일행은 그 방을 나왔고, 로체스터 씨는 그레이스 풀에게 무엇인가를 지시하고는 우리보다 조금 늦게 방을 나왔다.

내가 힘없이 계단을 내려올 때, 브리그스 변호사가 빠른 걸음으로 다가와 말했다.

"아가씨는 아무것도 몰랐군요. 아가씨는 어떤 비난도 받지 않을 거요. 만일, 아가씨의 삼촌이 아직 살아 계시다면 무척 기뻐하실 겁니다. 메이슨 씨가 마데이라로 돌아가면, 이 사실을 당신 삼촌에게 보고해서 안심시켜 드릴 겁니다."

"제 삼촌이오? 그분을 아시나요?"

"메이슨 씨가 알고 계십니다. 아가씨의 삼촌과 메이슨 씨는 사업상 알고 지내는 사이거든요. 아가씨의 편지를 받은 삼촌이 메이슨 씨에게 아가씨의 이야기를 했다가 이 사실을 알게 된 모양이에요. 삼촌은 병으로 이곳까지 오실 수가 없어서 저와 메이슨 씨를 보낸 거랍니다. 그리고 메이슨 씨가 저에게 사건을 의뢰한 것이지요. 저는 아가씨를 데리고 돌아가고 싶지만, 삼촌의 소식을 들을 때까진 영국에 그대로 계시는 편이 좋을 듯싶습니다. 자, 우리는 돌아가야 할 것 같습니다."

말을 마치기가 무섭게 브리그스 변호사와 메이슨 씨는 손필드 저택을 떠났다. 그리고 목사님도 로체스터 씨에게 몇 마디 훈계를 하고는 돌아갔다.

그들이 가고 나자, 나는 방으로 돌아와서 아무도 들어오지 못하도록 문을 잠그고 드레스를 벗어 버렸다. 나는 울지도 않고 슬퍼하지도 않았다.

해가 질 때까지 나는 방 안에서 꼼짝도 하지 않았다. 누구 하나 찾아오는 사람도 없었다. 나는 아무도 찾아오지 않는 것을 슬퍼하면서 방문을 열었다.

그 순간 갑자기 머리가 어지러워 몸의 중심을 잡지 못하고 휘청거리는데, 힘센 팔이 나를 잽싸게 붙잡아 주었다.

로체스터 씨였다. 로체스터 씨는 내 방 앞에서 내가 나오기만을 계속 기다리고 있었던 것이다.

로체스터 씨는 나를 아래층 식당으로 데리고 갔다.

"제인, 나를 용서해 주시오. 이렇게 상처를 줄 생각은 없었소."

그렇게 말하며 나를 쳐다보는 로체스터 씨의 눈에는 깊은 진실이 담겨 있었고, 변함없는 사랑이 듬뿍 어려 있었다.

"나는 아버지와 형의 뜻에 따라 돈 많은 아가씨와 강제로 결혼했소. 상대는 서인도 제도에 있는 농장주의 딸이었는데, 나보다 다섯 살 연상이었지. 재산을 노린 결혼이라는 사실을 전혀 몰랐었고, 하물며 미치광이 혈통이 있다는 건 꿈에도 생각지 못했소. 아내인 버서가 미쳤을 때 나는 자살을 시도한 적도 있었어요. 그러나 생각을 바꿨소. 살아서 좋아하는 곳을 여행하며 의미 있게 살아야겠다고 다짐했지. 그래서 오랫동안 순례자처럼 고독한 여행을 계속해 온 것이오. 나는 늘 마음이 깨끗하고 지혜롭고 현명한 부인을 가졌으면 하고 바랐지. 그때 제인 당신이 갑자기 나타나서 내 마음에 밝은 빛을 비춰 준 것이오."

"로체스터 씨, 더 이상 아무 말도 하지 마세요."

"계속 내 곁에 있어 주겠소?"

"아니요. 저는 당신 곁을 떠나겠어요."

"제인, 당신이 갈 길을 혼자서만 가고, 나는 다른 길을 가게 만들 작정이오?"

"그래요."

"제인, 제발 내 곁에 있어 주시오."

로체스터 씨의 목소리에는 말할 수 없는 슬픔이 담겨 있었다.

"저는 여기에서 떠나야만 해요. 그것이 제 운명이에요."

"나를 위로하고 도와주는 사람이 되어 줄 수 없겠소? 나의 깊은 애정도, 미칠 듯한 탄식도, 진심으로 기도하는 마음도 당신에게는 아무 상관없다는 거요?"

냉정하게 "떠나겠어요."라는 말을 되풀이하는 것은 굉장히 힘든 일이었다.

"제인!"

"로체스터 씨!"

우리는 서로 물끄러미 쳐다보았다. 진심으로 서로를 사랑하면서도 헤어지지 않으면 안 되는 괴로움이 거기 있었다.

나도 여전히 로체스터 씨를 사랑했지만, 더는 그의 곁에 있을 수가 없었다.

"하느님의 축복이 가득하길 바라겠어요."

나는 로체스터 씨의 뺨에 마지막으로 키스를 하고 돌아섰다.

"신이 위험과 악에서 당신을 지켜 주시기를! 당신을 인도하고, 위로하고, 저에 대한 이제까지의 친절에 대해 충분한 은총을 내려 주시길 바라요."

"귀여운 제인, 당신의 사랑이 내게는 최상의 은총이었소. 그것이 없어진 지금, 내 가슴은 갈기갈기 찢어져 버렸소. 그러나 역시 제인은 나에게 사랑을 안겨 줄 것이오."

그의 얼굴에 금세 핏기가 돌고 눈이 빛나더니, 그가 벌떡 일어나 양팔을 벌렸다. 하지만 나는 포옹을 피하고 눈 깜짝할 사이에 달음질쳐 방을 나왔다.

"안녕히 계세요!"

그와 헤어질 때 내 마음에서 우러나온 마지막 외침이었다.

"영원히 안녕히 계세요!"

그날 밤 나는 일단 잠자리에 들었다가 한밤중에 일어나 조용히 떠날 준비를 했다.

서랍을 열었을 때 3일 전에 로체스터 씨에게서 받은 진주 목걸이가 눈에 띄었다. 나는 그것을 그대로 남겨 두었다. 그것은 내것이 아니었고, 공중에 사라져 버린 환상 속 신부의 것이었다.

작은 가방 하나와 20실링이 들어 있는 지갑을 들고, 조용히 정든 방을 나왔다.

"안녕히 계세요, 페어팩스 부인."

나는 페어팩스 부인의 방을 지나치면서 살며시 속삭였다.

아이의 방 앞을 지날 때는 나를 따르던 아델을 힘껏 안아 주고 싶은 기분에 사로잡혔지만 그럴 수가 없었다.

"귀여운 아델, 잘 있어."

로체스터 씨 방 앞에서는 나도 모르게 멈춰 섰고, 가슴속 깊은 곳에서 치밀어 오르는 감정 때문에 몸이 약간 떨렸다.

잠을 이루지 못하고 있는 저 남자는 초조한 마음으로 날이 새기를 기다리고 있을 것이었다. 아침이 되면 나를 찾겠지만, 그것은 헛된 일일 것이다.

자기는 버림받았고 사랑을 거절당했다고 느낄 것이다. 그렇게 고뇌하다 포기할 것이다.

나는 엉겁결에 문손잡이 쪽으로 손을 내밀었다가 깜짝 놀라서 거두고는, 발소리가 나지 않게 조용히 그곳을 지나쳤다.

'로체스터 씨, 나는 당신을 사랑하며 죽을 때까지 당신과 함께 살겠습니다.'

나는 꺾이려고 하는 마음을 스스로 엄하게 다스리면서 문을 열었다. 그리고 아직 날이 새지 않은 어두컴컴한 정원으로 나왔다.

나는 흘러내리는 눈물을 닦으면서 목적지도 없는 여행길을 쓸쓸히 나섰다.

뜻밖에 만난 사촌들

이틀이 지난 저녁 무렵, 마부는 나를 위트크로스라는 곳에 내려 주었다. 내가 지불한 마차 삯으로는 더 태워 줄 수가 없었던 것이다. 길에는 한 사람도 없었다. 길 양쪽으로 히스가 무성하게 피어 있었다.

나는 곧장 히스 속으로 걸어 들어갔다. 바위 옆에는 히스가 더욱 무성했다. 캄캄할 정도로 히스가 무성한 곳을 무릎까지 빠져 가며 걸었다. 히스가 내 양쪽으로 높이 솟아 있었기 때문에 바람 한 점 들어올 수가 없었다.

그곳에 자리를 잡은 나는 숄을 두 겹으로 접어서 이불 대신 몸을 덮었다.

슬픔으로 가득 차지만 않았어도 내 휴식은 참으로 즐거웠을 것이었다. 슬픔은 크게 상처 입은 마음을, 끊어져 버린 삶의 인연을 한탄해 마지않았다.

로체스터 씨와의 그 비참한 운명을 생각하면서 가슴을 부르르 떨었고, 연민으로 아프게 울었다.

나는 그렇게 괴로운 생각으로 지쳐서 잠이 들었다.

다음 날 아침, 눈을 떴을 때는 이미 태양이 온 누리에 충만해 있었고, 벌들이 꿀을 모으러 히스 언덕을 여기저기 날아다니고 있었다.

나는 다시 위트크로스로 가기 위해 일어나 걷기 시작했다. 더는 걸을 수 없을 만큼 기진맥진해서 마음도 손발도 무감각하게 되었을 때 교회의 종소리를 들었다.

소리가 나는 쪽을 향해 한참을 걸어가니, 언덕과 언덕 사이에 한 시간 전까지만 해도 보이지 않던 마을과 첨탑이 보였다.

오후 2시쯤, 나는 마을로 들어섰다. 거리의 외딴 곳에 빵을 진열해 놓은 작은 상점이 있었는데, 나는 그 빵이 먹고 싶어 견딜 수가 없었지만 가지고 있는 돈이 없었다.

굶주린 개처럼 방황하고 있는 동안에 이럭저럭 저녁때가 되었다. 들판을 가로질러 가다 보니 교회의 첨탑이 보여 걸음을 재촉했다.

누구 하나 아는 이 없는 낯선 고장에서 일자리를 구하려는 사람들이 목사님에게 소개를 부탁하거나 도움을 청하는 일이 흔하다는 말을 들은 적이 있었다. 그곳이라면 조언을 구할 수 있을 듯했다.

나는 용기를 내어 교회의 부엌문을 두드렸다. 그러나 그곳에서도 일자리나 먹을 것을 얻을 수가 없었다. 나는 또다시 걷기 시작했다.

해가 지기 조금 전에 어느 농가 앞을 지나게 되었다. 마침 농부가 문을 열어 놓은 채 치즈 바른 빵을 먹고 있어서, 나는 겨우 빵 한쪽을 얻을 수가 있었다.

지붕 밑의 잠자리를 구하는 것은 쉽지 않은 일이었기 때문에 숲을 찾아서 잠자리를 정했다. 그러나 땅바닥이 축축하고 공기가 차가워서 잠을 잘 수가 없었다. 게다가 내 옆을 지나가는 침입자가 있어서, 서너 번 잠자리를 바꾸느라 마음이 편안할 새가 없었다.

다음 날은 새벽이 가까워질 무렵부터 시작해서 하루 내내 비가 내렸다. 그런데도 또 일거리를 찾아 헤맸고, 전날처럼 거절당했고, 전날처럼 또 굶었다. 오직 한 번 먹을 것이 입에 들어갔는데, 어떤 농가의 문 앞에서 한 소녀가 구유에 던져 넣으려던 식은 돼지죽이었다.

황혼이 짙어질 무렵, 비에 젖은 나는 한 시간가량 걷고 있던 차도에서 발걸음을 멈췄다.

'너무 지쳐 버렸어. 더는 걸을 수도 없고. 오늘 밤에도 길에서 자야 할까? 비가 이렇게 쏟아지는데, 이 차디차고 젖은 땅을 베개 삼아 자야 할까? 달리 방도가 없는데…… 아마 난 아침이 되기 전에 죽어 버릴 거야. 그런데 어째서 아무런 가치도 없는 이 생명을 이어 가려고 기를 쓰는 것일까? 그것은 로체스터 씨가 살아 있다는 것을 알고 있고, 또 믿고 있으니까 그런 거겠지. 아아, 하느님! 조금만 더 살게 해 주세요! 구해 주세요! 인도해 주세요!'

나는 사거리의 샛길을 지나 다시 한 번 언덕 근처까지 갔다. 그곳에서 나는 히스 벌판과 다름없는 황폐한 밭을 발견했다.

'그래, 사람이 많이 다니는 거리보다는 여기서 죽는 것이 낫겠어.'

그때 멀리 있는 늪과 언덕 사이의 어두컴컴한 곳에서 불빛이 하나 반짝거리는 것을 보았다. 처음에 그것이 도깨비불이라고 생각했다. 그래서 곧 사라져 버릴 것이라고 생각했다.

그러나 그것은 사라져 버리지도 않았고, 멀어지거나 가까워지지도 않았다. 또한 작아지거나 커지지도 않는 것으로 보아, 인가의 촛불이 분명해 보였다.

나는 불빛을 향해서 지친 다리를 질질 끌며 있는 힘을 다해 걸었다. 걸으면서 두 번이나 넘어졌지만, 다시 일어나서 기운을 냈다. 그 빛은 나의 한 가닥 희망이었다.

그런데 내가 불빛에 가까이 다가가자, 그 빛이 사라져 버렸다. 나와 빛 사이를 가로막는 장애물이 있었던 것이다. 그것은 낮은 돌담이었다. 손으로 계속 더듬자 문이 만져졌다. 힘을 내어 밀자 돌쩌귀가 움직이면서 문이 열렸다. 문을 들어서서 숲을 지나자, 나지막한 집 한 채가 윤곽을 드러냈다. 그러나 길잡이가 되었던 불빛은 어디에도 없었다.

사방에는 칠흑 같은 어둠이 깔려 있었다. 나는 문을 찾으려고 집 모퉁이를 돌았다. 그 다정했던 불빛은 창살이 달린 마름모꼴의 창문에서 새어 나오고 있었다.

창문을 통해 안을 들여다보니, 모래 빛깔의 마루와 깔끔하게 닦아 놓은 거실, 호두나무로 만든 찬장, 괘종시계, 흰 전나무로 만든 식탁과 의자 몇 개 등이 보였다. 그리고 나의 등대였던 촛불이 식탁 위에서 타고 있었다.

그 촛불 옆에는 열심히 양말을 뜨고 있는 한 노파와 젊고 아름다운 두 여인이 있었다. 한 여인은 낮은 흔들의자에, 또 한 여인은 좀 더 낮은 의자에 앉아 있었다. 그런데 모두 거무스름한 상복을 입고 있었다.

패종시계가 10시를 쳤다. 노파가 뜨개질감에서 고개를 들며 일어섰다.

"밤참 생각이 나실 텐데……. 세인트 존 도련님도 돌아오면 시장하실 거야."

이렇게 말하고서, 노파는 식사 준비를 하기 시작했다.

나는 입구를 찾은 다음 한참을 망설이다가 노크를 했다.

"무슨 일이오?"

노파는 손에 든 촛불로 나를 훑어보면서 깜짝 놀란 목소리로 물었다.

"어디든지 좋으니, 하룻밤만 재워 주세요. 그리고 빵도 조금만 주시면 좋겠고요."

"빵은 주겠소만, 모르는 사람을 집에서 재울 순 없어요. 당치도 않은 말이지."

"하지만 저는 갈 데가 없어요."

"그야 당신이 알아서 할 일이지요. 자, 동전 한 푼을 줄 테니 어서 돌아가요!"

"동전 한 푼으로 제 주린 배를 채우진 못해요. 게다가 이젠 한 발짝도 더 걸을 힘이 없어요. 제발 문을 닫지 마시고 하룻밤만 재워 주세요. 부탁이에요!"

"문을 닫아야겠소. 비가 들이쳐서……."

이렇게 말하면서, 그 충실하지만 완고한 노파는 문을 소리 나게 닫고 안에서 잠가 버렸다.

이젠 절망이었다. 극도의 굶주림과 절망에서 오는 고통 때문에 내 마음은 갈기갈기 찢어졌다. 지쳐서 한 발자국도 더 움직일 수가 없었다.

나는 비에 젖은 문 앞 계단에 쓰러진 채 신음했다. 형언할 수 없이 괴로운 나머지 그만 울음을 터뜨리고 말았다. 용기를 내려고 기를 썼으나 헛수고였다.

"난 죽을 수밖에 없어."

나는 중얼거렸다.

"나는 하느님을 믿어. 하느님의 뜻을 고요히 기다리기로 하자."

나는 온갖 서글픈 생각을 가슴속으로 밀어 넣으려고 무진 애를 쓰면서 이런 말을 중얼거렸던 것 같다.

바로 그때였다.

"사람은 누구나 다 죽기 마련이지만……."

옆에서 한 남자의 목소리가 들렸다.

"당신이 배고픔 때문에 여기서 죽는다면, 그것은 하느님의 뜻이 아닐 텐데요."

"그렇게 말씀하시는 분은 누구시죠?"

이제 죽음의 순간에서 구원을 얻을 가망은 전혀 없다고 생각하던 나는 뜻밖의 소리에 깜짝 놀라 물었다.

누군가가 바로 곁에 있었다. 새로 나타난 이 사람은 요란스럽게 문을 두드렸다.

"세인트 존 도련님이오?"

"그렇소. 빨리 문을 열어요!"

"어머나, 이렇게 비를 맞았으니 얼마나 추우셨겠소. 참 고약한 날씨예요. 자, 어서 들어오세요! 누이들도 많이 걱정하고 계신다오. 게다가 마을에 못된 사람들이 와서 얼쩡거리는 것 같아요. 아까는 어떤 여자 거지가 와서…… 어머나, 아직 있군요! 저기 누워 있네요. 일어나! 여기가 어디라고! 어서 썩 꺼지래도!"

"그만해요, 한나. 저 여자와 할 말이 있소. 필시 무슨 사연이 있는 것 같으니, 한번 들어 봐야겠소. 아가씨, 어서 일어나 안으로 들어갑시다."

나는 간신히 몸을 가누고 일어나서 깨끗하고 밝은 부엌 난로 앞으로 가 섰다. 그때 순간적으로 머리가 빙빙 돌아 쓰러졌는데, 다행히도 의자가 받쳐 주었다. 의식은 잃지 않았지만, 잠시 동안 말을 할 수가 없었다.

"너무 굶어서 그런 게지. 한나, 우유와 빵을 가져와요."

한나가 빵을 떼어 우유에 담갔다가 그것을 내 입에 넣어 주었다. 나는 그녀가 주는 대로 먹었다. 처음에는 먹을 힘도 없었지만 곧 게걸스럽게 먹기 시작했다.

"처음엔 너무 많이 먹지 않도록 하는 것이 좋아요."

세인트 존은 이렇게 말하며, 우유 주전자와 빵 접시를 치웠다.

"조금 더요. 더 먹고 싶어 하는 눈치예요."

"지금은 더 주면 안 돼요. 이제 말을 할 수 있는지 알아봅시다. 이름을 물어봐요."

"이름이 뭐죠?"

나는 입을 열 수 있을 것 같았다. 그래서 대답했다.

잠시 머뭇거리다가 내 신분을 숨기려고 가짜 이름을 댔다.

"제인 엘리어트라고 합니다."

"어디에서 오셨나요? 가족의 주소를 알려 주세요. 편지를 써서 데리러 오라고 연락하겠습니다."

"감사하지만, 저는 가족이 없습니다."

"가족이 없다고요? 그럼 지금까지 어떻게 살아오셨습니까?"

"지금은 말하는 것이 너무 힘이 드네요."

대답을 해 보려고 했으나, 너무나 지쳐 있었기 때문에 솔직히 말했다.

그러자 네 사람은 나를 찬찬히 바라보다가 입을 다물었다. 대신에 그들은 물이 뚝뚝 떨어지는 옷을 마른 옷으로 갈아입게 해 주었고, 따스하고 마른 침대에서 잠을 잘 수 있도록 살펴 주었다.

나는 극심한 피로 속에서도 신의 은총에 감사하며, 말할 수 없는 기쁨에 빠져 잠이 들었다.

그때부터 사흘 동안의 기억은 몹시 희미하다. 사흘째로 접어들자, 나는 정신을 좀 차렸다.

누워 있는 동안 먹을 것을 가져다준 한나에게 들어서 알게 된 것은, 세인트 존은 목사님이고 두 여자분은 누이동생들이라는 것이었다.

내가 거실로 내려가니 세인트 존이 누이동생인 다이애나, 메리와 함께 앉아서 차를 마시고 있었다.

다이애나가 차와 오븐에서 막 구운 과자를 들고 와서 내 앞에 놓으며 말했다.

"자, 들어 보세요. 많이 시장하실 텐데."

나는 그것들을 사양하지 않고 다 먹은 다음 말했다.

"이렇게 신세를 지는 것도 오래가지는 않을 겁니다."

"그러실 테죠."

세인트 존이 내 말에 마음이 상한 듯 짧게 대답했다. 그러면서 덧붙였다.

"가족이 없으면, 친구분의 주소를 알려 주세요. 그러면 저희가 편지를 보내겠습니다."

"분명히 말씀드리는데, 저는 가족도 친구도 없습니다."

"그럼 당신은 모든 관계에서 완전히 고립되어 있단 말입니까?"

"그렇습니다. 살아 있는 어떤 사람과도 저는 관계가 없습니다."

기운이 회복되었음을 느끼면서, 나에 대한 이야기를 이 선량한 사람들에게 하는 것이 도리라는 생각이 들었다.

그리하여 목사였던 아버지와 어머니가 일찍 돌아가셔서 리드 외숙모의 집에서 살았던 일과 그 뒤 로드 학교에서의 생활을 대충 이야기했다. 그러나 손필드 저택에서 있었던 일만은 가슴속에 묻어 둔 채 말하지 않았다.

"이제 이분이 더 말을 하게 하면 안 돼요, 오빠."

내가 말을 마치자, 다이애나가 말했다.

"또 흥분하게 해서도 안 돼요."

그러나 세인트 존은 잠시 동안 생각을 하더니, 여전히 냉정하고 날카로운 말투로 물었다.

"당신은 언제까지나 우리에게 신세 지는 것을 원치 않으시겠지요?"

"그렇습니다. 방금 그렇게 말씀드렸지요. 하지만 어떻게 해야 좋을지 아직은 잘 모르겠습니다. 혹시 일자리를 알아봐 주실 수 있겠습니까? 지금 제가 원하는 것은 이것뿐이에요. 일만 있다면, 아주 초라한 시골집이라도 좋습니다. 그때까지만 여기 머물게 해 주세요. 저는 이제 집 없이 방황하며 겪는 두려움을 두 번 다신 맛보고 싶지 않아요."

"당신도 짐작하겠지만, 동생들은 당신이 이곳에 머물기를 원합니다. 그리고 당신도 그런 마음이라면, 내 나름대로 당신을 도와 드리겠습니다."

세인트 존은 그렇게 말한 뒤 차를 마시기 전에 읽고 있던 책을 다시 읽기 시작했다. 나는 곧 그 자리를 떠났다.

이 집 사람들은 모두 다정하고 상냥했다. 나는 날이 갈수록 이들이 좋아졌다.

건강이 회복되어 하루 종일 산책을 하면서 지냈는데, 어느새 이곳에 온 지 한 달이 되었다.

어느 날 아침, 거실에서 세인트 존과 단둘이 있게 되었다. 내가 용기를 내어 말을 꺼내려고 하는데, 그가 먼저 말을 꺼내서 곤란함을 덜어 주었다.

"내게 물어볼 말이 있소?"

"네. 제가 맡아서 할 수 있는 일자리를 혹시라도 알아보셨나 해서요."

"며칠 전에 당신이 할 수 있는 일을 발견했어요. 그런데 당신

은 이 집에서 행복해 보이고, 누이들도 당신을 좋아하는 것 같
아서……. 그래서 말하는 것을 미루고 있었습니다."

"그런데 그분들은 사흘 후에 떠나신다고 하던데요?"

"그렇습니다. 누이들이 떠나면, 저도 모튼의 목사관으로 돌
아갑니다. 한나도 나와 함께 가지요. 그리고 이 집은 잠가 둘 계
획입니다."

"알아보셨다는 일이란 어떤 거지요? 이렇게 시간만 보내는
바람에 일자리를 붙잡는 것이 점점 어렵지 않을까 걱정이에
요."

"그럴 리는 없을 겁니다. 일자리를 제공하는 것은 내 마음이
고, 그걸 받아들이는 것은 당신 마음먹기에 달렸으니까요."

그리고 그는 입을 다물었다. 이야기를 계속하기가 싫은 듯
했다.

나는 조바심이 났지만, 대답을 간절히 기다리는 태도로 그를
물끄러미 바라보았다.

얼마 뒤, 세인트 존은 나에게 가난한 마을 아이들의 공부를
가르치는 선생님 자리를 마련해 주었다.

나는 학교 안에 있는 조그만 집에서 생활하면서 20명 정도
되는 학생들을 가르쳤다. 그 아이들은 모두 열심히 공부를 하여
읽고 쓰기를 잘할 수 있게 되었다.

조금 힘든 면도 있었지만, 이런 가난한 학생들을 돌볼 수 있게
된 것을 진심으로 기쁘게 생각하며 학교 일에 정성을 다했다.

어느새 세월이 흘러 겨울이 찾아왔다. 이틀 동안 눈이 쏟아졌
고 폭풍이 세차게 불었다. 밤이 되자, 폭풍이 더욱 거세게 휘몰
아쳤다.

여느 때보다 난로에 땔감을 많이 넣고 창문을 꼭꼭 닫은 다음
세인트 존이 가져다준 시집을 읽고 있었는데, 누군가가 문을 두
드렸다.

'이렇게 눈보라가 치는데, 대체 누구지?'

"누구세요?"

"제인, 나요. 세인트 존."

문을 열자, 완전 눈사람이 된 세인트 존이 서 있었다.

"목사님, 이 밤에 무슨 일이세요?"

"당신에게 급히 할 이야기가 있어서 왔습니다."

나는 세인트 존을 난로 가까이로 안내했다. 목사님은 한동안
말없이 난롯불만 바라보다, 한참 뒤에 무겁게 입을 열었다.

"제인, 이야길 하나 하겠소."

"무슨 이야기요?"

몇 년 전, 한 가난한 목사가 어떤 부잣집 딸과 사랑에 빠져 주
위의 반대를 무릅쓰고 결혼을 했습니다. 그런데 2년도 채 되지

않아 젊은 부부는 죽고 말았지요. 어린 딸을 하나 남기고서 말입니다. 그 아이는 결국 외삼촌에게 맡겨졌고, 그곳에서 자랐습니다."

나는 그가 내 이야기를 하는 것을 듣고 깜짝 놀라며 뛰는 가슴을 지그시 눌렀다.

세인트 존의 이야기는 계속되었다.

"그러나 얼마 뒤, 외삼촌마저 세상을 떠났습니다. 그 아이는 그 뒤 외숙모의 손에서 길러지게 되었습니다. 그 외숙모는 게이츠헤드 저택의 리드 부인이었지요. 리드 부인은 10년 동안 그 아이를 맡아 길렀습니다. 그리고 그 뒤, 당신도 잘 알고 있는 곳인 로드 학교로 보내졌지요. 그 아이는 성적이 뛰어나 학교에서 교사로 지내다가, 로체스터 씨라는 사람이 돌보고 있는 아이의 가정 교사로 들어갔습니다. 그러다가 로체스터 씨와 그녀는 사랑에 빠지게 되었고, 결혼을 하기로 약속했지요. 그러나 결혼식 날, 그녀는 로체스터 씨에게 부인이 있다는 사실을 알게 되었어요. 그 뒤, 그녀의 행방을 알 수 없었습니다. 신문에 광고까지 냈지만 헛수고였습니다. 나는 브리그스라는 변호사한테서 방금 말한 것과 같은 내용의 편지를 받았습니다."

"로체스터 씨라는 분은 그 뒤 어떻게 지내셨다고 하나요?"

"나는 그 사람에 대해서는 아무것도 모릅니다. 그것보다도 우선 그 가정 교사를 찾아야 해요. 혹시 당신의 진짜 이름이 제인 에어가 아닌가요?"

나는 세인트 존의 말에 깜짝 놀라며 물었다.

"그걸 어떻게 아셨어요?"

목사님은 수첩을 꺼내더니, 그 사이에서 작은 쪽지를 하나 내밀었다. 그 쪽지는 내가 예전에 그림을 그리고, 밑에 사인해 놓았던 부분을 찢은 것이었다. 습관적으로 내 본명을 사인했던 것이었다.

"나는 오래전부터 눈치채고 있었습니다. 하지만 확신을 갖게 된 것은 그림 밑에 써넣은 당신의 진짜 이름을 본 순간부터였습니다."

"목사님, 브리그스 씨는 어디에 있지요? 그분은 로체스터 씨의 근황을 알고 있겠지요?"

"아닐 거요. 그 사람의 관심은 오직 당신에게만 있어요."

"왜죠?"

"마데이라에 계시는 당신 삼촌께서 돌아가셨습니다. 2만 파운드라는 큰돈을 전부 당신에게 남긴다는 유언을 하고 말입니다. 당신은 이제 큰 부자가 되었습니다."

세인트 존은 그렇게 말하고는 일어나서 돌아갈 준비를 했다. 나는 당황해서 다짜고짜 그를 막아섰다.

"그런데 왜 브리그스 씨가 나에 대한 편지를 당신에게 썼지요? 당신과는 무슨 관계인데요?"

"나는 목사이기 때문에 때때로 여러 가지 상담을 합니다."

"그런 대답으로는 이해가 안 돼요. 확실히 대답해 주세요."

내가 간곡히 말하자, 세인트 존은 다시 자리에 앉아서 천천히 대답해 주었다.

"당신은 내 성이 당신과 똑같다는 사실을 몰랐을 거예요. 내 이름은 세인트 존 에어 리버스입니다. 나의 어머니 성이 에어죠. 어머니에게는 오빠가 두 명 있었는데, 한 사람은 당신 아버지, 또 한 사람은 이번에 마데이라에서 돌아가신 존 에어 삼촌입니다."

"네? 그렇다면 우리가 사촌 사이라는 거예요? 정말 사촌인가요?"

"그렇습니다. 당신과 나는 사촌이고, 다이애나와 메리 역시 당신 사촌입니다."

"정말이에요? 오, 하느님! 나에게 오빠가 있고, 언니가 있다니 믿을 수가 없어요."

나는 너무 기뻐서 울음을 터트리고 말았다. 이 넓은 세상에서 항상 외롭게 살아오면서, 내게도 친척이 있었으면 하고 얼마나 바랐는지 모른다.

"삼촌에게 많은 유산을 받게 되었다는 소식을 들을 때는 무덤덤하더니, 사촌 형제들을 찾았다고 이렇게 기뻐하다니……."

나는 유산을 받게 된 것보다 친척들이 생겼다는 사실이 더 기뻐서 가슴이 마구 뛰었다. 나의 기쁨이 얼마나 큰지, 따뜻한 가정에서 부모 형제와 함께 살아온 사람들은 상상도 하지 못할 것이다.

그날 밤 나는 세인트 존에게서 다정한 오빠가 되어 주겠다는 약속을 받아 낸 뒤, 다른 선생을 구할 때까지 일을 계속하겠다고 했다.

그 뒤 유산에 관한 문제가 다소 복잡하긴 했지만, 다행스럽게도 내가 원하는 대로 마무리되었다.

양도 증서를 작성하여 세인트 존, 다이애나, 메리 그리고 나는 상당한 재산을 공평하게 상속받았다.

삼촌은 나에게 유산을 남겼지만, 이렇게 하는 것이 내가 원하는 것이었다.

자세하게 이야기할 필요가 없을 것 같아서, 그 과정은 생략한다.

다시 찾은 사랑

그 뒤로 시간이 매우 빠르게 지나갔다. 그렇게 지나가는 시간 속에서도 로체스터 씨를 잊을 수가 없었다.

크리스마스도 지나고 그해가 저물 무렵, 나는 도저히 로체스터 씨를 잊을 수가 없어서 페어팩스 부인 앞으로 편지를 보냈다.

그러나 편지가 제대로 전달되지 않았는지 답장이 없었다.

새해가 되어도 머릿속에는 소식을 알 수 없는 로체스터 씨 생각으로 가득했다.

그러던 어느 날, 나는 그 어느 때보다 침울한 기분으로 책을 읽고 있었다. 그런데 마침 세인트 존이 두 누이와 함께 와서 즐겁게 수다를 떠는 바람에 우울한 기분을 잠시 잊을 수 있었다.

그래도 내 기분이 가라앉아 있는 것을 눈치챈 세인트 존이 나에게 말했다.

"좀 기다리자, 제인. 네 기분이 나아질 때까지."

그 말을 듣자, 가슴 안에 있던 흐느낌이 터져 나왔다.

"자, 제인. 진정하고 산책이나 하러 가지."

"다이애나와 메리도 부르세요."

"아니, 오늘은 한 사람하고만 가고 싶어. 너하고만 말이야."

나는 조심스럽게 그가 시키는 대로 했다.

그와 어깨를 나란히 하며 계곡의 오솔길을 걸었다.

"여기서 쉬자."

나는 바위 위에 앉았고, 세인트 존은 내 옆에 서 있었다.

"제인, 나는 6주 이내에 떠나. 동인도를 왕래하는 배를 예약했어."

"하느님께서 보호해 주실 거예요. 오빠는 하느님의 사업을 맡으셨으니까."

"제인, 나와 같이 인도로 가자. 내 조수로서, 내 동무로서 함께 가자."

나는 뜻밖의 제안에 깜짝 놀랐다.

"저는 전도 생활이 무엇인지도 몰라요. 여태껏 조금도 공부해 본 적이 없으니까요."

"나는 네 능력을 알고 있어. 넌 금방 익숙해질 거야."

"하지만 그 같은 능력이 저에게 있다고 생각하지 않아요."

"너 대신 내가 대답할게. 들어 줘. 처음 만났을 때부터 난 널 줄곧 지켜봤어."

그가 내게 원하는 것을 할 수는 있지만, 무엇인가를 인정하고 확인하지 않으면 안 된다는 생각이 들었다. 그래서 나는 한참 동안 가만히 있다가 대답했다.

"자유로운 몸으로 갈 수 있다면 인도에 가겠어요."

"네 대답에는 주석이 필요하군. 분명하지가 않아."

"오늘까지 존은 저의 친척 오빠였어요. 그리고 저는 존의 친척 누이였고요. 우리, 언제까지나 이대로 지내요."

그러자 그가 고개를 저으며 말했다.

"이런 경우, 친척 남매 관계로는 안 돼."

그러나 나의 분별력은 결혼해서는 안 된다는 쪽으로 결론을 내렸다.

"세인트 존, 저는 당신을 오빠로 생각해요. 우리, 이대로 지내도록 해요."

"안 돼. 넌 나와 함께 인도에 가겠다고 말했어. 잊어선 안 돼. 그리고 넌 나의 일부가 되어야 해."

그가 단호하게 말했다.

"전 오빠의 애정에 대한 그런 편견을 경멸해요."

그는 꼼짝도 않고 나를 쳐다보았다.

"나는 경멸을 받을 만한 행동도 말도 하지 않았다고 생각하는데, 너에게 그런 말을 듣게 될 줄은 몰랐어."

"그렇게 말한 것을 용서해 주세요. 하지만 제가 그런 말을 한 것은 오빠가 잘못했기 때문이에요. 결혼하려는 계획은 버리세요. 그리고 잊어 주세요."

그러나 그의 마음은 움직이지 않았다. 그와 나란히 집으로 돌아오면서, 그의 침묵으로 나에 대한 감정을 간파할 수 있었다.

그는 한 남성으로서 내가 자기 뜻에 따르도록 강요하고 싶었지만, 나에게 반성하고 후회하는 시간을 주어야겠다고 생각하는 것 같았다. 아마 기독교인이었기 때문에 가능한 일이 아닐까 싶었다.

그날 밤, 그는 누이동생들에게 키스를 하고 나서 나에게는 악수조차 하지 않고 아무 말도 없이 방을 나가 버렸다.

"제인, 아까 산책하면서 오빠하고 말다툼했지?"

다이애나가 물었다. 내가 아무 말도 하지 않자, 채근하듯이 말했다.

"하여튼 오빠 뒤를 따라가 봐. 복도에서 서성이고 있을 거야."

아마도 다이애나와 메리는 이미 세인트 존의 마음을 알고 있었던 듯싶었다.

나는 그를 뒤쫓아 나갔다. 그는 충계 아래에 서 있었다.

"안녕히 주무세요."

내가 먼저 말했다.

"잘 자, 제인."

그도 침착하게 대답했다.

세인트 존이 케임브리지로 출발하기 전날 밤이었다. 식사가 끝난 뒤 메리와 다이애나가 나가자, 그에게 손을 내밀면서 즐겁게 여행하라고 말했다.

"고마워, 제인. 전에도 말했지만 나는 2주 후에 케임브리지에서 돌아올 것이오. 그러니 그동안 당신은 많은 것을 고려해 볼수 있소. 내가 세상 사람으로서의 도리에 귀를 기울였다면 또다시 당신에게 결혼에 대한 이야기를 하지 말아야 할 것이오. 하지만 나는 나의 의무에 귀를 기울이고 있기 때문에, 신의 영광을 위해서는 최초의 목적을 조금도 소홀히 할 수가 없소. 아직시간이 있으니 다시 고려해 주기를 바라겠소."

사실, 나는 오랫동안 피하고 있던 문제에 그토록 밀어붙이는 힘을 가진 세인트 존에게 경외의 마음을 품고 있었다.

나는 이제 그와의 다툼을 그만두고 싶었다. 그의 존재의 연못에 빠지고, 그의 의지의 격류에 휘말려 나 자신을 잃어버리고 싶다는 유혹에 사로잡혔다.

"뚜렷한 확신만 서면 결심할 수 있어요. 오빠와 결혼하는 것이 신의 뜻이라고 확신할 수 있다면, 지금 당장 결혼하겠다고 맹세할게요. 앞으로 어떤 일이 닥쳐오더라도……."

"나의 기도가 이루어졌어!"

세인트 존이 감격에 겨운 듯 소리쳤다.

그런데 갑자기 어딘가에서 크게 내 이름을 부르는 소리가 들려왔다. 그것은 한시도 잊을 수 없었던 로체스터 씨의 고통과 슬픔에 찬 목소리였다.

"갈게요. 기다려 주세요."

나는 정신없이 대답을 하곤, 문을 열면서 어두운 정원으로 뛰쳐나갔지만 아무도 보이지 않았다.

쫓아 나와 나를 만류하는 세인트 존의 손을 뿌리쳤다.

나는 침실로 올라가 문을 잠그고 꿇어앉아 기도를 드렸다. 마치 하느님 바로 앞까지 달려간 듯한 기분이 들었다. 그리고 너무나 감사해서, 하느님의 발밑에 엎드려 버리고 말았다.

나는 감사 기도를 끝낸 다음 일어나서 결심했다. 그리고 아무런 두려움도 없이 마음의 광명을 얻고 침대에 누웠다. 오직 날이 새기를 고대하면서…….

'나도 이제 오빠의 뒤를 따라 그 길을 걸을 거예요. 그런데 내게도 영원히 영국을 떠나기 전에 만나고 싶은 사람이 있어요.'

다음 날 새벽, 일찍 일어나서 짐을 정리하여 꾸렸다. 그리고 아침 식사를 하면서 다이애나와 메리에게 여행을 떠날 작정이며, 한 닷새쯤 걸릴 것이라고 말했다.

"제인 혼자서?"

"오랫동안 마음에 걸렸던 친구를 만나 소식을 듣고 싶어서요."

나는 이렇게 대답했다.

그리고 오후 3시에 마차를 타고 손필드로 향했다. 거의 이틀이나 걸리는 긴 여행이었지만 그리움으로 가슴이 벅차서 피곤한 줄도 몰랐다.

마차가 손필드의 여관 앞에서 멈췄다. 나는 그곳에다 짐을 푼 다음, 손필드 저택까지 걸어가기로 했다.

'이제 저 언덕만 올라서면 손필드 저택이 보일 거야. 로체스터 씨는 지금 뭘 하고 있을까?'

나는 로체스터 씨를 생각하며 언덕 위로 올라섰다. 그 순간, 나는 심장이 얼어붙는 줄만 알았다. 꿈에도 잊을 수 없었던 손필드 저택은 보이지 않았고, 무참하게 불타 버린 흔적만 내 눈앞에 펼쳐져 있었던 것이다.

"대체 이게 무슨 일이지? 내가 꿈을 꾸고 있는 건가?"

나는 눈을 비비고 다시 한 번 저택 쪽을 바라보았지만, 손필드 저택은 완전히 폐허로 변해 있었다.

나는 서둘러서 여관으로 돌아와 그곳 주인에게 물었고, 작년 가을 손필드 저택에 불이 났었다는 이야기를 들었다.

"그 저택에 미친 여자가 살고 있었다고 하더군요. 그 미친 여자가 잠긴 문을 열고 밖으로 뛰쳐나와 불을 질렀대요."

"로체스터 씨는요? 안 다치셨나요?"

"불쌍하게도 그 미친 부인을 구하려다가, 그만⋯⋯."

"어떻게 되셨는데요?"

"크게 다치셨습니다. 차라리 죽는 게 나았을지도 몰라요. 구하려던 부인은 죽고, 로체스터 씨는 한쪽 눈이 찢어지고, 팔 하나도 부러졌어요. 남은 한쪽 눈마저도 염증이 생겨서 못 보게 된 것 같아요. 그 뒤로는 사람 눈을 피해서 살아가고 있어요."

"그럼 지금은 어디에 계시는데요?"

"그 뒤 페어팩스 부인을 그녀의 친구 집으로 보내고 아델은 학교로 보낸 다음, 여기서 30마일 떨어진 곳에 있는 팬딘 저택에서 살고 계세요."

나는 너무나 놀라서 한참 동안 아무 말도 할 수가 없었다. 내가 떠나 있었던 불과 일 년 남짓한 사이에 손필드가 완전히 폐

허가 되어 버렸으니 말이다.

그러나 아무리 앞을 보지 못한다고 해도, 팔 하나가 없다 해도, 로체스터 씨가 살아 있다는 사실이 내겐 참으로 큰 기쁨이었다.

나는 곧바로 로체스터 씨가 있다는 팬딘 저택으로 향했다.

팬딘 저택에 들어서자, 손필드 저택에서 일하던 하녀 메리가 눈에 들어왔다.

"메리, 잘 있었어요?"

내가 메리를 부르자, 메리는 마치 귀신이라도 본 것처럼 놀랐다.

"제인 선생님. 정말 제인 선생님이세요?"

"그래요, 메리. 일 년 전 저택을 떠났던 제인 에어에요."

그러자 메리는 내 손을 꼭 잡고 부엌으로 데리고 갔다. 메리의 남편인 존도 몹시 놀라며 내 얼굴을 한참 동안 살펴보았다.

나는 잠시 마음을 가라앉히고 내가 손필드 저택을 나온 뒤 겪은 일들을 얘기해 주었다. 두 사람은 눈물을 흘리며 들어 주었다.

"로체스터 씨를 만나고 싶어요. 만나게 해 줄 거죠?"

"주인님께는 손님의 이름과 용건을 말씀드리지 않으면 안 됩니다. 화재가 난 후 누구도 만나려고 하지 않으시거든요."

메리는 그렇게 말하면서 쟁반 위에 촛불과 물컵을 놓았다.

"그거, 로체스터 씨에게 가지고 갈 건가요? 내가 들고 가게 해 줘요."

나는 메리에게서 쟁반을 받아 들고, 곧바로 로체스터 씨의 방으로 갔다. 가슴이 두근거리고, 쟁반을 든 손이 덜덜 떨려서 물이 쏟아질 정도였다.

"자, 이 방입니다."

메리는 나를 위해 거실 문을 열어 주었고, 내가 안으로 들어가자 문을 닫아 주었다.

방에는 로체스터 씨가 벽난로 옆에 앉아 있었고, 그의 충실한 개 파일럿이 한쪽 구석에 웅크리고 앉아 있었다.

파일럿이 나를 보자마자 반갑다는 듯 짖어대며 나에게 달려들었다.

"잘 있었니, 파일럿?"

"누구요? 거기 있는 거, 메리지?"

"메리는 부엌에 있어요."

"그럼 누구요?"

"파일럿이 나를 알고 있고, 존과 메리도 나를 알고 있습니다. 지금 막 도착했어요."

나는 터질 듯한 가슴을 억누르며 로체스터 씨의 손을 잡았다. 로체스터 씨는 내 손을 만지는 것만으로도 누구인지 아는 것 같왔다.

"아, 꿈이구나! 난 꿈을 꾸고 있어!"

"아니에요. 꿈이 아니에요!"

나는 허공을 휘젓고 있는 로체스터 씨의 손을 잡고 꼭 힘을 주었다.

"이건 제인의 손이야. 제인! 제인, 맞지?"

"보고 싶었어요, 로체스터 씨. 이젠 당신 곁을 떠나지 않을 거예요."

"이젠 아무 데도 가지 말아요, 제인."

"네, 당신만 좋으시다면 언제까지나 당신 곁에 있을 거예요."

"정말 나와 함께 있겠단 말이오? 하지만 당신은 젊어. 이렇게 불구자가 된 나에겐 과분한 사람이오."

"전 다른 사람은 관심 없어요. 당신만 좋으시다면, 언제까지나 당신 곁에 있을 거예요."

"앞도 보이지 않고, 팔도 하나뿐인 이런 남자의 신부가 되어 줄 수 있단 말이오?"

"물론이에요."

"정말이오, 제인?"

"네, 기꺼이!"

우리는 서로 부둥켜안고 눈물을 흘렸다. 그리웠던 로체스터 씨의 품에 안기니, 내 가슴이 점점 뜨거워졌다.

"오, 내 사랑! 축복과 은총이 당신에게 함께하기를!"

"로체스터 씨, 제가 진심으로 거짓 없는 기도를 드린 적이 있다면, 올바른 소망을 가진 적이 있다면, 지금 이것으로 보답이 된 것입니다. 당신의 아내가 된다는 사실은 지상의 그 무엇보다도 나를 행복하게 해요."

"당신은 희생으로 기쁨을 느끼기 때문이오."

그는 나를 품에서 떼어 놓고 일어나더니, 눈을 땅으로 향한 채 묵도를 드렸다.

기도의 마지막 구절이 내 귀에 들렸다.

"심판하시는 가운데서도 자비를 잃지 않으신 나의 신께 감사드립니다. 앞으로는 지금까지 살아온 것보다도 훨씬 깨끗한 삶을 살 수 있도록, 그런 능력을 주시기를 주님께 간절히 청합니다. 이루어 주소서!"

마침내 로체스터 씨와 나는 조용한 시골 교회에서 결혼식을 올렸다. 목사님과 서기만이 참석한 조용한 결혼식이었다.

교회에서 돌아온 나는 부엌으로 가서 메리와 존에게 이 소식을 알렸다.

"메리, 오늘 아침 나는 로체스터 씨와 결혼했어요."

그들은 얼굴을 쳐들고 나를 물끄러미 바라보았다.

"그래요, 선생님? 주인님과 함께 나가시는 것을 보았지요. 그러나 결혼식을 올리러 교회에 가시는 줄은 몰랐어요."

메리가 말하자, 존도 입이 귀에 걸릴 만큼 활짝 웃으며 기뻐했다.

나는 우리의 결혼을 사촌 형제들인 세인트 존과 다이애나, 메리에게 서신으로 알렸다.

다이애나와 메리는 내 형편을 이해해 주었지만, 세인트 존이 어떤 기분으로 이 소식을 들었는지는 모른다.

그는 답장을 보내오지 않다가 반년이 지난 후에 편지를 보냈는데, 로체스터 씨나 우리의 결혼에 관해서는 한마디도 언급하지 않았다.

어쨌건 세인트 존은 계획대로 영국을 떠나 인도로 갔고, 자주는 아니지만 규칙적으로 소식을 보내오고 있다.

세인트 존은 자기가 가야 할 길이라고 결정한 일에 뛰어들어 포기하지 않고 그 길을 걷고 있다. 온갖 위험과 어려움을 세인트 존만큼 불굴의 정신으로 단호하게 싸운 개척자는 없을 것이다. 나는 인류를 위해 고통을 달게 받으며, 의연하고 충실하며 헌신적으로 봉사하는 그의 모습에 말할 수 없는 자랑스러움을 느끼곤 한다.

그 뒤 먼 곳의 학교에 맡겨졌던 아델이 돌아와, 펜딘 저택에서 가까운 곳에 있는 시설 좋은 학교에서 공부했다.

학교를 졸업한 아델은 쾌활하고도 친절한, 또 온순하고 상냥하면서도 올바른 분별력을 갖고 있는 좋은 친구가 되어 주었다.

그리고 그동안 로체스터 씨는 런던에 가서 유명한 안과 의사의 도움으로 한쪽 눈의 시력을 회복했다. 그래서 첫 아이가 태어났을 땐, 예전의 자기 눈을 닮았다며 무척 기뻐했다. 그는 다시 한 번 신이 심판 대신 자비를 베풀어 주셨음에 진심으로 감사했다.

그래서 나와 에드워드는 행복하다. 우리가 사랑하고 있는 사람들도 똑같이 행복하기 때문에 더욱 행복하다.

다이애나와 메리는 둘 다 결혼했는데, 일 년에 한 번씩 그녀들을 만나러 가기도 하고 또 그녀들이 오기도 한다.

그리고 이제 나는 결혼한 지 10년이 되었다. 나는 이 세상에서 가장 사랑하는 사람을 위해 살고 있고, 또 가장 사랑하는 사람과 더불어 은총을 받고 있다.

나는 말로 다 표현할 수 없을 만큼 축복받으면서 살고 있다고 생각하는데, 그 이유는 그가 나의 생명인 것처럼 나 또한 그의 생명이기 때문이다.

우리는 숲으로 둘러싸인 조용한 펜딘 저택에서 다시는 헤어지는 일 없이 영원히 행복하게 살 것이다.

제인 에어

◆ **작품 소개**

샬럿 브론테의 장편소설

1847년 영국의 여류작가 샬럿 브론테가 남자 이름 '커러 벨(Currer Bell)'이라는 필명으로 출판하였다. 출판 당시, 이 작품은 낭만적인 내용, 격렬한 정열에 불타는 작중 인물, 당시의 인습적인 도덕에 대한 대담한 반항 등으로 일대 센세이션을 일으켰다. 더욱이 작가가 여성이라는 것이 밝혀져 인기가 더욱 상승하였다. 1840년대 영국 소설을 대표하는 작품의 하나이다.

◆ **줄거리**

제인 에어의 아버지는 가난한 목사였고, 어머니는 부잣집 딸이었는데 부모의 반대를 무릅쓰고 결혼을 한다. 그런데 전염병에 걸린 아버지를 어머니가 간호하다 둘 다 세상을 뜨고, 제인은 고아가 된다. 격렬하고 정열적인 고아 제인은 심술궂은 외숙모 밑에서 자라 반항적인 성격이 된다. 결국 로드 아동 복지 자선 학교에 맡겨진 제인은 불우한 생활 속에서 학교를 마친 뒤, 손필드 저택의 가정 교사로 들어가게 된다. 제인은 이 저택의 주인 로체스터와 사랑하는 사이가 되어 결혼을 약속한다. 그러나 결혼식 날, 로체스터에게는 미친 부인이 있고, 그 부인은 저택의 한 밀실에 갇혀 있다는 사실을 알게 된다. 그날 밤 그 집을 뛰쳐나온 제인은 빈털터리로 거리를 헤매다가 굶주림에 지쳐 어느 집 앞에서 쓰러진다. 그런 제인을 세인트 존이라는 목사가 구해 주는데, 그는 바로 제인의 사촌 오빠였다. 제인은 친척을 찾게 되었을 뿐 아니라 존 삼촌에게 많은 유산을 상속받게 된다. 선교 활동을 하러 인도에 가게 된 세인트 존은 제인에게 청혼을 하고 제인은 청혼을 받아들인다. 그런데 그때, 제인은 환상 속에서 로체스터의 목소리를 듣게 되고 손필드 저택으로 달려간다. 그러나 손필드 저택은 불에 타 없어졌고, 그의 부인은 불에 타 죽었으며, 로체스터는 한쪽 눈과 팔을 잃은 상태였다. 제인은 다시는 그의 곁을 떠나지 않을 것을 결심하고 로체스터와 결혼해서 행복하게 산다.

◆ **등장인물 소개**

제인 에어_ 부모를 일찍 여의고 외숙모 집에서 천덕꾸러기로 자라며 끊임없이 시련에 부딪친다. 그러나 언제나 당돌할 정도로 당당하게 생활한다. 로드 학교에 맡겨져 팔 년이라는 시간을 보낸 뒤 자유를 갈망하며 손필드 저택의 가정 교사로 들어간다. 그곳에서 로체스터를 만나 사랑하게 되지만 결혼이 깨지면서 손필드 저택을 떠난다. 죽을 뻔한 위기에서 세인트 존 목사의 도움을 받게 되고, 그에게 감화되어 그와 결혼해 인도로 떠날 것을 결심한다. 그러나 결국 자신의 의지대로 사랑을 찾아 손필드 저택을 찾아가고 불구가 된 로체스터와 결혼해 주체적으로 자신의 행복을 찾는다.

로체스터_ 손필드 저택의 주인이다. 아버지의 잘못된 선택으로 젊었을 때 미친 여자와 결혼을 하게 된다. 오랜 방랑 끝에 청순하고 지혜로운 제인 에어를 만나지만, 이미 부인이 있는 몸이어서 제인과 결혼할 수 없게 된다. 제인이 떠나고 저택에 불이 나는 바람에 한쪽 눈과 팔을 잃고 불구가 되지만, 제인에 대한 사랑을 간직하고 있다.

세인트 존_ 굶주림에 지쳐 죽을 뻔한 위기에 놓인 제인 에어를 구해 준 남자이다. 알고 보니 제인의 사촌 오빠였지만, 제인을 사랑하게 된다. 제인에게 청혼을 하고 같이 인도로 떠나자고 말하지만 결국 제인에게 선택받지 못한다. 그러나 목회자로서 인류를 위해 고통을 달게 받으며, 의연하고 충실하며 헌신적으로 봉사하는 사람이다.

리드 부인_ 제인 에어의 외숙모이다. 젊었을 때 남편이 죽으면서 제인을 친자식처럼 돌보라는 유언을 남기지만, 리드 부인은 제인을 몹시 싫어하고 구박한다. 그래서 제인을 로드 학교에 맡겨 버리지만, 결국 죄책감에 시달리다가 불행하게 죽음을 맞이한다.

아델_ 로체스터가 데려다 키우는 아이로, 로체스터가 한때 좋아했던 프랑스 무용수의 딸이다. 손필드 저택에서 제인에게 가르침을 받으며 제인을 좋아하고 따른다.

◆ **들어가기**

지금은 남성 작가들 못지않게, 아니 오히려 남성 작가들보다도 여성 작가들의 활약이 두드러지지만 겨우 200여 년 전만 하여도 여성이 작가로 활약하기란 무척 어려웠다. 동양은 말할 것도 없고 서양에서도 아직도 작가는 으레 남성이어야 한다는 편견이 출판계나 독자들의 머릿속에 굳게 자리 잡고 있었다. 그래서 여성이 작품을 출간할 때는 흔히 필명을 사용하거나 아예 남자 이름으로 바꾸기도 하였다. 가령 19세기 빅토리아 시대에 활약한 영국 작가 조지 엘리엇만 하여도 실제 이름은 메리 앤 에번스였다. 그러나 여성의 이름으로 소설을 출간하면 독자들이나 비평가들이 편견을 갖거나 아예 읽지도 않을 것이라는 생각에 '조지 엘리엇'이라는 가장 흔해 빠진 남자 이름을 작가의 이름으로 삼았던 것이다.

　이러한 사연은 《제인 에어》(1847)의 작가 샬럿 브론테

(1816~1855)도 마찬가지이다. 브론테는 이 소설을 처음 출간할 때 '커러 벨'이라는 남자 이름을 필명으로 삼았다. 이 소설을 출간하기 일 년 전 샬럿, 에밀리, 앤 브론테 세 자매는 자비로 시집을 발간한 적이 있다. 이때 그들은 저마다 '커러 브론테', '엘리스 브론테', '액튼 브론테'라는 필명을 사용하였다. 그런데 흥미롭게도 그들은 첫머리 글자만은 자신들의 본명과 똑같게 하였다. 한편 '벨'이라는 성(姓)은 그들 아버지 밑에서 부목사로 있던 아서 벨 니콜스의 중간이름에서 빌려 왔다. 뒷날 샬럿은 별다른 애정을 느끼지 않으면서도 벨 목사와 결혼하게 된다. 이 무렵 여성은 혼자 살아가기가 무척 어려웠고 결혼하는 것만이 궁핍한 생활에서 벗어날 수 있는 유일한 방법이었기 때문이다.

◆ 작품의 내용과 소재

문학에 관심을 갖고 처음에는 시인으로 활동하던 샬럿 브론테가 《제인 에어》를 쓴 것은 1846년이었다. 목사로 있던 아버지가 백내장 수술을 받기 위해 맨체스터에 갈 때 동행한 샬럿은 그곳에서 이 소설을 집필하기 시작하였다. 실제 경험이 많지 않은 그녀는 자신의 집안과 그 주변에서 일어난 사건에 의존하여 작품을 썼기 때문에 자전적 요소가 짙다. 《제인 에어》는 이듬해인 1847년 스미스엘더 출판사에서 출간되자마자 예상 밖으로 큰 호응을 얻으며 그녀에게 작가로서의 성공을 안겨다 주었다. 그래서 브론테는 출판사 사장에게 처음으로 자신의 진짜 이름을 밝히고 두 번째 작품부터는 본명으로 작품을 출간하기 시작하였다.

그런데 이 소설은 장르에서 볼 때 성장 소설과 고딕 소설에 속한다. 두 장르 모두 독일에서 처음 꽃을 피운 뒤 영국을 비롯한 유럽 대륙으로 점차 퍼져 나가 큰 인기를 끌었다. 성장 소설 (빌둥스 로만)은 말 그대로 나이 어린 주인공이 온갖 역경을 견뎌내며 정신적으로 성장하는 과정을 그리는 소설을 말한다. 《제인 에어》에서도 볼 수 있듯이 성장 소설에서는 흔히 유복한 집의 자녀보다는 부모를 일찍 여위고 친척 집에서 얹혀사는 고아가 등장한다. 남성 주인공을 다룬 대표적인 성장 소설로는 찰스 디킨스의 《위대한 유산》이 꼽히고, 여성 주인공을 다룬 성장 소설로는 《제인 에어》가 손꼽힌다.

성장 소설에서는 흔히 주인공이 여러 장소를 이동하면서 삶의 경험을 쌓는다. 《제어 에어》에서도 고아로 오갈 데 없는 주인공 제인은 다섯 곳이나 계속 옮겨 다닌다. 열 살 때 장티푸스로 부모를 잃고 고아가 된 그녀는 게이츠헤드에 있는 숙모집 리드 집안에서 숙모와 그 자녀들로부터 학대를 받으며 자란다.

그 뒤 제인은 고아 자선 학교인 로우드로 옮겨 학생으로 6년,

그리고 교사로 2년, 모두 8년을 이곳에서 보낸다. 그 뒤 제인은 어린 프랑스 소녀를 돌보는 가정 교사로 고용되어 손필드의 에드워드 로체스터 집안으로 들어간다. 로체스터와 결혼식을 올리기 직전 정신병에 걸린 그의 아내의 존재를 알게 된 제인은 충격을 받고 손필드를 뛰쳐나온다. 길거리에서 헤매다 가까스로 세인트 존(흔히 '신시'로 발음한다) 리버스 목사에게 발견된 그녀는 그의 집에 몸을 의지하게 되어 1년쯤 그곳에서 보낸다. 존의 구혼을 받을 즈음 제인은 로체스터가 자신을 부르는 듯한 소리를 듣고 집을 나온다. 바로 로체스터를 찾아간 제인은 로체스터 부인이 저택에 불을 지르고 옥상에서 떨어져 자살하고 로체스터는 한 팔과 한쪽 눈을 잃은 사실을 알게 된다. 제인은 마침내 로체스터가 머물고 있는 펀딘의 시골집으로 그를 찾아가 그와 결혼하기에 이른다.

제인 에어가 고아에서 결혼하기까지의 성장 과정을 도표로 그려보면 다음과 같다. 게이츠헤드(리드 가문) → 로우드 자선 학교 → 손필드(로체스터의 장원 저택) → 무어 하우스(리버스 목사의 집) → 펀딘(로체스터의 시골집). 그런데 여기에서 한 가지 눈여겨보아야 할 것은 주인공 제인에게 이 다섯 집이나 학교는 공간적 의미를 뛰어넘는다는 점이다. 다시 말해서 그녀에게 지리적 이동은 곧 심리적 여정이요 정신적 여행이라고 할 수 있다. 이렇게 여러 장소를 옮겨 다니면서 제인은 정신적으로 조금씩 성장하고 세상에 대해 점점 눈을 뜨게 된다.

한편 공포 소설에 로맨스 요소를 가미한 문학 장르인 고딕 소설은 역시 말 그대로 중세의 고딕식 고성(古城)을 배경으로 삼는 작품을 말한다. 이 장르의 소설에서는 굳이 고딕식 고성이 아니어도 흔히 멀고 외딴 곳에 위치한 음산하고 황폐한 저택, 어두운 숲, 구불구불한 계단, 비밀 통로, 고문실이나 괴물의 형상, 저주 등 초자연적이고 기괴한 사건을 다루기 일쑤이다. 신비스러운 비밀과 초자연적 사건을 다루고 공포를 자아낸다는 점에서《제인 에어》도 이 소설 장르에 속한다고 볼 수 있다.

◆ **작품의 중심 주제**

이 무렵의 작품이 흔히 그러하듯이 샬럿 브론테는《제인 에어》에서 사랑과 결혼이라는 보편적인 문제를 다룬다. 그러나 이러한 소재를 다루되 좀 더 구체적으로 낭만적 사랑과 개인의 자유, 애정과 의지 사이, 소속감과 자율성 사이의 긴장과 갈등의 문제에 초점을 맞춘다. 자신의 자유를 상실하지 않은 채 상대방을 마음껏 사랑할 수 있을까? 다시 말해서 누군가에게 애정을 아낌없이 주면서도 상대방에 굴복하지 않고 내 의지를 그대로 유지할 수 있을까? 주인공 제인 에어는 언뜻 모순적이고 상충되는 것처럼 보이는 이러한 문제에 맞부딪치면서 적잖이 고민에 빠진다.

제인은 로우드 학교에 다닐 무렵 헬렌 번스 선생에게 누군가로부터 진정으로 사랑을 받기 위해서는 자신의 팔뼈를 부러뜨리는 등 희생해야 한다고 말한다. 그러나 시간이 흐르면서 그녀는 자신을 희생시키지 않고서도 사랑을 얻는 방법을 조금씩 터득해 나간다.

제인이 이러한 방법을 터득하는 데 촉매 역할을 하는 사람이 바로 에드워드 로체스터와 세인트 존 리버스이다. 로체스터는 정열적인 남성으로 쉽게 감정에 휩싸이는가 하면 경솔하고 인습과 전통에 좀처럼 사로잡히지 않는다. 한편 로체스터와는 거의 모든 면에서 대립되는 리버스는 차갑고 과묵하고 때로는 이해타산에 밝고 야심적인 남성이다. 제인은 로체스터에게 구혼을 받지만 만약 그와 결혼하면 자신의 자율성이 적잖이 침해된다고 생각한다. 로체스터는 정신병에 걸린 여성인 버서와 이미 법적으로 결혼한 상태이기 때문에 그와 결혼하다는 것은 곧 그의 정부(情婦)가 되는 것을 뜻한다. 그러나 그보다도 더 심각한 문제는 감정적인 욕구를 충족시키기 위하여 자신의 성실성이나 자율성을 저버린다는 점이다. 감정에 휘둘리는 열정의 노예가 된다는 것은 그녀로서는 도저히 받아들일 수 없다.

한편 제인은 리버스 목사로부터 청혼을 받지만 로체스터의 경우와는 정반대 이유로 선뜻 응할 수 없다. 물론 그와 결혼하면 경제적으로 독립할 수 있고 자신이 바라던 대로 가난한 사람들을 위하여 보람 있는 일을 할 수도 있다. 그러나 제인은 지나치게 이성적이고 계산적인 리버스 목사로부터는 감정적인 자양분을 얻을 수 없다고 판단한다. 다시 말해서 '사랑 없는 결혼'이 될 가능성이 아주 크다.

제인 에어가 마침내 선택하는 길은 리버스 목사의 곁을 떠나다시 로체스터에게로 돌아가는 것이다. 이미 장원 저택이 불에타 한쪽 팔을 잃은 데다 한쪽 눈이 먼 채 시골에 살고 있는 로체스터는 이제 예전의 그 로체스터가 아니다. 제인과 마찬가지로 그 역시 대장간의 불 속에서 무쇠가 연단되듯이 고통과 시련을 겪으면서 다른 인간으로 변모하였다. 제인이 그와 결혼하기로 결심하는 것은 이제 섬겨야 할 '주인'이 아닌 동등한 반려자로서 받아들일 수 있기 때문이다. 이 점과 관련하여 제인은 이 소설의 원서의 38장에서 "내 남편이 내 인생인 것과 꼭 마찬가지로 나는 이제 그 사람의 인생이다. (……) 서로 함께 있다는 것은 곧 우리 두 사람이 혼자 있을 때처럼 자유로운 동시에 같이 있을 때처럼 즐겁다는 것을 뜻한다"고 밝힌다.

◆《제인 에어》와 페미니즘

샬럿 브론테가 소설가로 활약할 무렵에는 연애와 사랑과 결혼을 사회적 사건으로 간주하여 주로 객관적으로 취급하였다. 즉 작가들은 작중 인물의 내면 세계와 심리에는 좀처럼 깊숙이 들어가지 않고 외부적 문제로만 주로 다루었다. 그러나 브론테는 다른 소설가들과는 달리 여주인공 제인 에어의 섬세한 심리와 내적 갈등에 좀 더 무게를 실었다. 가령 제인이 에드워드 로체스터를 사랑하면서도 정신병에 걸린 그의 아내 버사 때문에 번민하는 모습 등이 바로 그러하다.

《제인 에어》는 최근 페미니즘과 탈식민주의 이론의 새로운 물결을 타고 비평가들한테 새로운 관심을 받고 있다. 페미니즘의 관점에서 보면 제인 에어가 어린 시절을 보내는 고아 기숙 학교 로우드의 교장 브록클허스트, 이 학교를 졸업한 뒤 가정 교사로 일하는 손필드 저택의 괴팍한 주인 에드워드 로체스터, 그리고 세인트 존 리버스 목사는 여성을 억압하는 가부장적 사회 제도를 상징하는 대표적인 남성이다. 19세기 영국의 고아원과 자선 학교는 '훈육'이라는 그럴 듯한 이름으로 아동을 합법적으로 학대하기 일쑤였다. 또 이 무렵의 사회 관습은 여성의 재능과 개성을 제도적으로 억압하고 있었다. 이 소설의 원서 12장에서 제인은 "여자들이란 일반적으로 아주 조용하도록 요구받고 있다. 하지만 여자들이나 남자들이나 느끼는 것은 꼭 마찬가지이다"라고 말한다. 이 무렵 기준으로 보자면 그녀는 여기에서 급진적인 페미니즘 철학을 부르짖고 있다. 빅토리아 시대의 억압적인 사회 제도에 맞서 이렇게 능동적이고 적극적으로 여성의 권익을 부르짖고 자신의 운명을 스스로 개척해 나간다는 점에서 제인 에어는 가히 페미니즘의 선구자로 볼 수 있다.

한편 탈식민주의 이론가들은 샬럿 브론테가 로체스터의 정신병에 걸린 아내 버사 메이슨을 영국 출신 여자가 아닌 서인도 제도 여자로 설정한 것에 주목한다. 로체스터가 막대한 돈을 벌고 장원 저택에서 편안하게 살 수 있었던 것도 식민지에서 돈을 벌었기 때문이다. 또 피식민지 여성인 아내를 다락방 속에 가둔다는 것은 영국 제국주의가 식민지 주민에게 얼마나 잔인하게 폭력을 행사하는지 보여 주는 더할 나위 없이 좋은 예라고 할 수 있다.

◆ **작가 소개**

1816년 영국 요크셔 주의 손턴에서 영국 교회 목사의 셋째 딸로 태어났다. 다섯 살에 어머니를 여의고 자매들과 함께 잠시 기숙 학교에 다녔는데, 학교의 열악한 환경 때문에 영양실조와 폐렴에 걸려 두 언니마저 잃었다. 1825년부터 5년 동안, 후일 『폭풍의 언덕』을 쓰게 될 동생 에밀리와 함께 집에서 독학으로 공부를 했고, 이 시기부터 샬럿은 시를 쓰기 시작하였다.

1831년에 샬럿 브론테는 에밀리와 함께 로헤드에 있는 사립 기숙학교에 들어갔으나 에밀리는 심한 향수병에 시달려 3개월 만에 집으로 돌아갔다. 샬럿은 그곳에서 3년 간 교사 생활을 했지만 건강을 해쳐서 결국 그만두고 만다. 스물여섯 살 되던 해에 샬럿은 공부를 더 하기 위해 에밀리와 함께 브뤼셀에 있는 에제 기숙 학교에 들어갔는데, 샬럿은 기숙 학교의 교장인 에제에게 매력을 느끼게 된다. 1843년부터는 혼자 에제 기숙 학교에 남아 조교로 일하기 시작한 샬럿은 우울하고 고독한 생활을 하였다. 에제를 향한 순수하고 열정적인 마음은 깊어져 가지만, 그는 그녀를 받아들이지 않았고, 그의 아내로부터 시샘을 당하던 샬럿은 결국 1844년에 영국으로 돌아온다. 이 경험은 그녀에게 정서적으로나 내면적으로 큰 영향을 미쳤으며, 후일 에제는 《제인 에어》에서 로체스터의 모습으로 등장하게 된다.

샬럿은 여동생 에밀리와 앤 그리고 남동생까지 모두 잃어 크게 상심하게 된다. 또한 그 사이에 몇몇 남성들로부터 청혼을 받지만 모두 거절한다. 그러다가 아버지의 부목사인 아서 벨 니

콜스로부터 네 번째로 청혼을 받고 서른여덟 살에 그와 결혼하였다. 그러나 이듬해 봄, 늦은 나이에 임신한 상태에 합병증이 겹쳐 결국 결혼한 지 아홉 달 만에 세상을 떠났다. 작품으로는 브론테 자매의 공동 시집인 《커러, 엘리스, 액턴 벨의 시집》과 소설로는 《제인 에어》 이외에 《교수》, 《셜리》, 《빌레트》 등이 있다.